BARTLEBY E COMPANHIA

ENRIQUE VILA-MATAS

Bartleby e companhia

Tradução
Josely Vianna Baptista
Maria Carolina de Araújo

COMPANHIA DAS LETRAS

Copyright © 2000 by Enrique Vila-Matas
Publicado mediante acordo com MB Agencia Literaria S.L.

Grafia atualizada segundo o Acordo Ortográfico da Língua Portuguesa de 1990, que entrou em vigor no Brasil em 2009.

Título original
Bartleby y compañía

Capa
Bloco Gráfico

Foto de capa
Enciclopédia americana, de Odires Mlászho, 2006. Técnica: livros alterados. Coleção Andréa e José Olympio Pereira. Reprodução: Edouard Fraipont

Revisão
Huendel Viana
Clara Diament

Dados Internacionais de Catalogação na Publicação (CIP)
(Câmara Brasileira do Livro, SP, Brasil)

Vila-Matas, Enrique
  Bartleby e companhia / Enrique Vila-Matas ; tradução Josely Vianna Baptista, Maria Carolina de Araújo. — 1ª ed. — São Paulo : Companhia das Letras, 2021.

  Título original: Bartleby y compañía
  ISBN 978-65-5921-005-3

  1. Ficção espanhola I. Título.

20-51702   CDD-863

Índice para catálogo sistemático:
1. Ficção : Literatura espanhola   863
Cibele Maria Dias – Bibliotecária – CRB-8/9427

[2021]
Todos os direitos desta edição reservados à
EDITORA SCHWARCZ S.A.
Rua Bandeira Paulista, 702, cj. 32
04532-002 — São Paulo — SP
Telefone: (11) 3707-3500
www.companhiadasletras.com.br
www.blogdacompanhia.com.br
facebook.com/companhiadasletras
instagram.com/companhiadasletras
twitter.com/cialetras

A Paula de Parma

A glória ou o mérito de certos homens consiste em escrever bem; o de outros consiste em não escrever.

Jean de La Bruyère

Nunca tive sorte com as mulheres, suporto com resignação uma penosa corcunda, meus parentes mais próximos estão todos mortos, sou um pobre solitário que trabalha em um escritório pavoroso. De resto, sou feliz. Hoje mais do que nunca, porque começo — 8 de julho de 1999 — este diário que será ao mesmo tempo um caderno de notas de rodapé comentando um texto invisível e, espero, demonstrando minha destreza como rastreador de *bartlebys*.

Há vinte e cinco anos, quando era muito jovem, publiquei um romancezinho sobre a impossibilidade do amor. A partir de então, por causa de um trauma que logo explicarei, não havia voltado a escrever, porque renunciei radicalmente a isso, tornei--me um *bartleby*, daí meu interesse de longa data por eles.

Todos nós conhecemos os *bartlebys*, seres em que habita uma profunda negação do mundo. Emprestam seu nome do escrevente Bartleby, o copista de um dos contos de Herman Melville, que jamais foi visto lendo, nem sequer um jornal; que, por longos períodos, permanece em pé olhando para fora, pela pálida janela que há detrás de um biombo, na direção de uma parede de tijolos de Wall Street; que nunca bebe cerveja, nem chá, nem café como os outros; que jamais foi a parte alguma, pois vive no escritório, onde passa até mesmo os domingos; que nunca disse quem é, nem de onde veio, nem se tem parentes neste mundo; que, quando lhe perguntam onde nasceu ou o encarregam de um trabalho ou lhe pedem que conte algo sobre si, responde sempre:

— Acho melhor não.

Já faz tempo que venho rastreando o amplo espectro da síndrome de Bartleby na literatura, já faz tempo que estudo a doença, o mal endêmico das letras contemporâneas, a pulsão negativa ou a atração pelo nada que faz com que certos criadores, mesmo tendo consciência literária muito exigente (ou talvez precisamente por isso), nunca cheguem a escrever; ou então escrevam um ou dois livros e depois renunciem à escrita; ou, ainda, após retomarem sem problemas uma obra em andamento, fiquem, um dia, literalmente paralisados para sempre.

A ideia de rastrear a literatura do Não, a de Bartleby e companhia, nasceu na terça-feira passada, no escritório, quando pareceu-me que a secretária do chefe dizia a alguém pelo telefone:

— O sr. Bartleby está em reunião.

Ri sozinho. É difícil imaginar Bartleby reunido com alguém, imerso, por exemplo, na pesada atmosfera de um conselho administrativo. Mas não é tão difícil — é o que me proponho fazer neste diário ou notas de rodapé — reunir um bom punhado de *bartlebys*, isto é, um bom punhado de escritores atingidos pelo Mal, pela pulsão negativa.

É claro que ouvi *Bartleby* quando deveria ter ouvido o sobrenome, muito parecido, de meu chefe. O fato, porém, é que esse equívoco não poderia ter sido mais oportuno, já que fez com que, de repente, eu me mexesse e, depois de vinte e cinco anos de silêncio, decidisse enfim voltar a escrever, a escrever sobre os diferentes e mais profundos segredos de alguns dos mais chamativos casos de criadores que renunciaram à escrita.

Disponho-me, então, a passear pelo labirinto do Não, pelas trilhas da mais perturbadora e atraente tendência das literaturas contemporâneas: tendência em que se encontra o único caminho que permanece aberto à autêntica criação literária; que se pergunta o que é e onde está a escrita e que vagueia ao redor de sua impossibilidade e que diz a verdade sobre o estado, de prognóstico grave — mas sumamente estimulante —, da literatura deste fim de milênio.

Apenas da pulsão negativa, apenas do labirinto do Não pode surgir a escrita por vir. Mas como será essa literatura? Perguntou-me há pouco, com certa malícia, um colega do escritório.

— Não sei — disse-lhe. — Se soubesse, eu mesmo a faria.

Vejamos se sou capaz de fazê-la. Estou convencido de que apenas do rastreamento do labirinto do Não é que podem surgir os caminhos que permanecem abertos para a escrita que virá. Vejamos se sou capaz de sugeri-los. Escreverei notas de rodapé que comentarão um texto invisível, mas nem por isso inexistente, já que seria perfeitamente possível que esse texto fantasma acabasse ficando como que em suspenso na literatura do próximo milênio.

I

Robert Walser sabia: escrever que não se pode escrever também é escrever. E, entre os muitos empregos subalternos que teve — balconista de livraria, secretário de advogado, bancário, operário em uma fábrica de máquinas de costura e, finalmente, mordomo em um castelo da Silésia —, Robert Walser se retirava de vez em quando, em Zurique, para a "Câmara de Escrita para Desocupados" (o nome não pode ser mais walseriano, mas é autêntico), e aí, sentado em uma velha banqueta, ao entardecer, à pálida luz de um lampião de querosene, servia-se de sua graciosa caligrafia para trabalhar como copista, para trabalhar como "*bartebly*".

Não apenas essa faceta de copista, mas toda a existência de Walser nos faz pensar no personagem do conto de Melville, o escrevente que passava as vinte e quatro horas do dia no escritório. Roberto Calasso, falando de Walser e de Bartleby, comentou que nesses seres que imitam a aparência do homem discreto e comum habita, no entanto, uma inquietante tendência à negação do mundo. Tanto mais radical quanto menos notado, o sopro de destruição muitas vezes passa despercebido para as pessoas que veem nos *bartlebys* seres cinzentos e bonachões. "Para muitos, Walser, o autor de *Jakob von Gunten* e inventor do Instituto Benjamenta", escreve Calasso, "continua sendo uma figura familiar e pode-se até mesmo chegar a ler que seu niilismo é burguês e helveticamente bonachão. E é, ao contrário, um personagem remoto, uma via paralela da natureza, um filo quase indiscernível. A obediência de Walser, como a desobediência de Bartleby, pressupõe uma ruptura total [...]. Copiam, transcrevem escritas que os atravessam como uma lâmina transparente. Não enunciam nada de especial, não tentam modificar nada. Não evoluo, diz Jakob von Gunten. Não quero mudanças, diz Bartleby. Em sua afinidade, revela-se a equivalência entre o silêncio e certo uso decorativo da palavra."

Dentre os escritores do Não, aquela que poderíamos chamar de seção dos escreventes é das mais estranhas e talvez a que mais me afete. Isso porque, há vinte e cinco anos, experimentei pessoalmente a sensação de saber o que é ser um copista. E tive maus momentos. Na época eu era muito jovem e me sentia muito orgulhoso por ter publicado um livro sobre a impossibilidade do amor. Presenteei meu pai com um exemplar, sem prever as terríveis consequências que isso teria para mim. Ocorre que, em poucos dias, meu pai, aborrecido por entender que em meu livro havia um memorial de ofensas contra sua primeira esposa, obrigou-me a escrever-lhe, no exemplar presenteado, uma dedicatória ditada por ele. Resisti como pude a semelhante ideia. A literatura era precisamente — como acontecia com Kafka — a única coisa que eu tinha para tentar me tornar independente de meu pai. Lutei como louco para não ter de copiar aquilo que ele queria ditar. Mas, por fim, acabei cedendo, foi horrível sentir-me um copista sob as ordens de um ditador de dedicatórias.

Esse incidente deixou-me tão abatido que passei vinte e cinco anos sem escrever. Há pouco, alguns dias antes de ouvir a frase "o sr Bartleby está em reunião", li um livro que ajudou a reconciliar-me com a condição de copista. Acho que o riso e a diversão que me proporcionou a leitura de *Instituto Pierre Menard* ajudaram a preparar o terreno para minha decisão de eliminar o velho trauma e voltar a escrever.

Instituto Pierre Menard, romance de Roberto Moretti, é ambientado num colégio em que ensinam a dizer "não" a mais de mil propostas, desde a mais disparatada até a mais atraente e difícil de se recusar. Trata-se de um romance com toques de humor e uma paródia muito engenhosa do Instituto Benjamenta de Robert Walser. De fato, entre os alunos do instituto encontram-se o próprio Walser e o escrevente Bartleby. Quase nada acontece no romance, exceto que, ao concluírem seus estudos, todos os alunos do Pierre Menard saem dali convertidos em consumados e alegres copistas.

Ri muito com esse romance, e continuo rindo. Agora mesmo, por exemplo, rio enquanto escrevo porque me faz pensar que sou um escrevente. Para melhor pensar e imaginar isso, começo a copiar ao acaso uma frase de Robert Walser, a primeira que encontro ao abrir um de seus livros: "Pela pradaria já às escuras passeia um solitário caminhante". Copio essa frase e em seguida passo a lê-la com sotaque mexicano, e rio sozinho. E em seguida me lembro de uma história de copistas no México: a de Juan Rulfo e Augusto Monterroso, que durante anos foram escreventes em um tenebroso escritório no qual, segundo minhas notícias, comportavam-se sempre como autênticos *bartlebys*, tinham medo do chefe porque este tinha mania de apertar a mão de seus funcionários todos os dias no fim do expediente. Rulfo e Monterroso, copistas na Cidade do México, escondiam-se muitas vezes atrás de uma coluna porque pensavam que o chefe não queria despedir-se deles, e sim *despedi-los* para sempre.

Esse medo do aperto de mãos me traz agora à lembrança a história da redação de *Pedro Páramo*, que Juan Rulfo, seu autor, revelando sua condição humana de copista, assim explicou: "Em maio de 1954 comprei um caderno escolar e registrei o primeiro capítulo de um romance que durante anos vinha tomando forma em minha cabeça [...]. Ainda ignoro de onde saíram as intuições às quais devo *Pedro Páramo*. Foi como se alguém me ditasse o livro. De repente, no meio da rua, ocorria-me uma ideia e eu a anotava em papeizinhos verdes e azuis".

Após o sucesso do romance que escreveu como se fosse um copista, Rulfo não escreveu mais nada em trinta anos. Com frequência, tem-se comparado seu caso ao de Rimbaud, que, após publicar seu segundo livro, aos dezenove anos, abandonou tudo e dedicou-se à aventura, até sua morte, duas décadas depois.

Durante certo tempo, o pânico de ser despedido pelo aperto de mão de seu chefe conviveu com seu medo de pessoas que se aproximavam para dizer-lhe que devia publicar mais. Quando lhe perguntavam por que não escrevia mais, Rulfo costumava responder:

— É que morreu meu tio Celerino, que era quem me contava as histórias.

Seu tio Celerino não era nenhuma invenção. Existiu realmente. Era um bêbado que ganhava a vida crismando crianças. Rulfo muitas vezes o acompanhava e escutava as fabulosas histórias que ele lhe contava sobre sua vida, a maioria delas inventada. Os contos de *Planalto em chamas* por pouco não foram intitulados *Os contos do tio Celerino*. Rulfo deixou de escrever pouco depois da morte de seu tio. A desculpa do tio Celerino é das mais originais que conheço dentre todas as que têm criado os escritores do Não para justificar seu abandono da literatura.

— Por que não escrevo? — ouviu-se Juan Rulfo dizer em Caracas, em 1974. — Porque morreu meu tio Celerino, que era quem me contava as histórias. Andava sempre conversando comigo, mas era muito mentiroso. Tudo que me contava era pura mentira, e, então, naturalmente, o que escrevi era pura mentira. Algumas das coisas que me contou foram sobre a miséria em que tinha vivido. Mas tio Celerino não era tão pobre. Por ser um homem respeitável, conforme disse o arcebispo lá de sua terra, ele fora nomeado para crismar crianças, de povoado em povoado. Porque eram terras perigosas, e os padres tinham medo de andar por lá. Eu muitas vezes acompanhava o tio Celerino. Em cada lugar aonde chegávamos ele tinha de crismar uma criança e, em seguida, cobrava por tê-la crismado. Não escrevi essa história toda, mas algum dia talvez o faça. É interessante como íamos nos arranchando, de povoado em povoado, crismando crianças, dando-lhes a bênção de Deus e essas coisas, não é? E, além do mais, ele era ateu.

Mas Juan Rulfo não tinha só a história de seu tio Celerino para justificar que não escrevia. Às vezes recorria aos maconheiros.

— Agora — dizia ele — até os maconheiros publicam

livros. Têm saído vários livros por aí muito estranhos, não?, e eu preferi guardar silêncio.

Sobre o mítico silêncio de Juan Rulfo, Monterroso, seu bom amigo no escritório de copistas mexicanos, escreveu uma fábula aguda, *A raposa é mais sábia*. Fala de uma raposa que escreveu dois livros de sucesso e deu-se, com razão, por satisfeita, e os anos passaram e ela não publicava outra coisa. As pessoas começaram a comentar e a perguntar-se o que acontecia com a raposa e, quando a encontravam em coquetéis, aproximavam-se para dizer-lhe que tinha de publicar mais. Mas se já publiquei dois livros, dizia com cansaço a raposa. E muito amáveis, respondiam-lhe: por isso mesmo é que tem de publicar outro. A raposa não dizia, mas pensava que na verdade o que essa gente queria era que publicasse um livro ruim. Mas como era raposa não fez isso.

Transcrever a fábula de Monterroso já me reconciliou definitivamente com a sina de copista. Adeus para sempre ao trauma que me causou meu pai. Não há nada de terrível em ser copista. Quando alguém copia algo, pertence à estirpe de Bouvard e Pécuchet (os personagens de Flaubert) ou de Simon Tanner (com seu criador Walser à contraluz) ou dos funcionários anônimos do tribunal kafkiano.

Ser copista, além do mais, é ter a honra de pertencer à constelação Bartleby. Com essa alegria abaixei por alguns momentos a cabeça e me abismei em outros pensamentos. Estava em minha casa, mas meio adormecido me trasladei para um escritório de copistas da Cidade do México. Escrivaninhas, mesas, cadeiras, poltronas. Ao fundo, uma grande janela por onde, mais do que se ver, deixava-se assentar um fragmento da paisagem de Comala. E, ainda mais ao fundo, a porta de saída com meu chefe me estendendo a mão. Era meu chefe do México ou meu chefe real? Breve confusão. Eu, que estava apontando lápis, percebia que não ia demorar nada para me esconder atrás de uma coluna.

Essa coluna lembrava-me o biombo atrás do qual se escondia Bartleby, quando já haviam desmontado o escritório de Wall Street em que vivia.

De repente, dizia a mim mesmo que, se alguém me descobrisse atrás da coluna e quisesse averiguar o que eu fazia ali, diria com alegria que era o copista que trabalhava com Monterroso, que por sua vez trabalhava para a raposa.

— E esse Monterroso também é, como Rulfo, um escritor do Não?

Pensava que a qualquer momento podiam fazer-me essa pergunta. E para ela já tinha a resposta:

— Não. Monterroso escreve ensaios, vacas, fábulas e moscas. Escreve pouco, mas escreve.

Depois de dizer isso, acordei. Uma vontade enorme de copiar meu sonho neste caderno apoderou-se então de mim. Felicidade do copista.

Por hoje chega. Continuarei amanhã com minhas notas de rodapé. Como escreveu Walser em *Jakob von Gunten*: "Hoje é necessário que deixe de escrever. Excita-me demais. E as letras ardem e dançam diante de meus olhos".

2

Se a desculpa do tio Celerino era uma justificativa de peso, pode-se dizer o mesmo daquela que o escritor espanhol Felipe Alfau dava para não voltar a escrever. Esse senhor, nascido em Barcelona em 1902 e falecido há alguns meses no sanatório do Queens, em Nova York, encontrou na experiência que viveu, como latino, ao aprender inglês, a justificativa ideal para seu prolongado silêncio literário de cinquenta e um anos.

Felipe Alfau emigrou para os Estados Unidos durante a Primeira Guerra Mundial. Em 1928 escreveu um primeiro romance, *Locos: A Comedy of Gestures*. No ano seguinte, publicou um livro para crianças, *Old Tales from Spain*. Depois, caiu em um silêncio no estilo de Rimbaud ou Rulfo. Até que, em 1948, publicou *Chromos*, ao qual se seguiu um impressionante silêncio literário definitivo.

Alfau, espécie de Salinger catalão, escondeu-se no asilo do Queens, e aos jornalistas que no final da década de 80 tentavam entrevistá-lo ele dizia, no melhor estilo dos escritores esquivos: "O sr. Alfau está em Miami".

Em *Chromos*, com palavras parecidas com as de Hofmannsthal em seu emblemático texto do Não, a *Carta de lorde Chandos* (em que este renuncia à escrita pois diz ter perdido completamente a faculdade de pensar ou de falar com coerência sobre qualquer coisa), Felipe Alfau explica da seguinte forma sua renúncia a continuar escrevendo: "Quando você aprende inglês, começam as complicações. Por mais que se tente, sempre se chega a essa conclusão. Isso pode ser aplicado a todo o mundo, àqueles para quem inglês é a língua materna, mas sobretudo aos latinos, incluídos os espanhóis. Manifesta-se fazendo-nos sensíveis a implicações e complexidades nas quais nunca havíamos reparado, faz-nos suportar o assédio da filosofia, que, sem uma tarefa específica, intromete-se em tudo e, no caso dos latinos, faz com que eles percam uma de suas características raciais: aceitar as coisas como elas vêm, deixando-as em paz, sem indagar as causas, motivos ou fins, sem se intrometer indiscretamente em questões que não são de sua competência, e os torna não apenas inseguros, mas também conscientes de assuntos com os quais não haviam se importado até então".

Parece-me genial o tio Celerino que Felipe Alfau tirou da manga. Acho que é muito engenhoso dizer que alguém renunciou à escrita devido ao transtorno de ter aprendido inglês e de ter se tornado sensível a complexidades nas quais nunca havia reparado.

Acabo de comentar isso com Juan, que é possivelmente o único amigo que tenho, embora pouco nos vejamos. Juan gosta muito de ler — serve-lhe para espairecer de seu trabalho no aeroporto, que o deixa moído — e considera que desde Musil não se escreveu um único bom romance. Ele conhecia Felipe Alfau apenas de ouvir falar e não tinha nem ideia de que este se havia escudado no drama de ter aprendido inglês para assim justificar sua renúncia à escrita. Ao comentar esse fato com ele, hoje, pelo telefone, soltou uma grande gargalhada. Depois, começou a repetir várias vezes, divertindo-se ao dizer:

— De modo que o inglês complicou-lhe demais a vida...

Acabei desligando repentinamente o telefone, pois tive a impressão de estar perdendo tempo com ele e de que devia voltar a meu caderno de notas. Não simulei uma depressão para depois perder tempo com Juan. Porque na Previdência Social simulei uma grande depressão e consegui que me dessem uma licença de três semanas (como tenho férias em agosto, não terei de ir ao escritório até setembro), o que me permitirá uma dedicação completa a este diário, poderei dedicar todo meu tempo a estas queridas notas sobre a síndrome de Bartleby.

Deixei, portanto, falando sozinho o homem que, depois de Musil, não aprecia nada. E voltei às minhas coisas, a este diário. E lembrei de repente que Samuel Beckett também terminou seus dias, como Alfau, em um asilo. Também como este, foi para um asilo por vontade própria.

Encontrei um segundo ponto em comum entre Alfau e Beckett. Disse a mim mesmo que é bem possível que o inglês tivesse complicado também a vida de Beckett e que isso explicaria sua famosa decisão de converter-se ao francês, idioma que ele considerava mais condizente com seus escritos, por ser mais pobre e simples.

3

"Habituei-me", escreve Rimbaud, "à simples alucinação: via com toda nitidez uma mesquita no lugar de uma usina, um grupo de tambores formado por anjos, caleches nos caminhos do céu, um salão no fundo de um lago."

Aos dezenove anos, Rimbaud, de uma precocidade genial, já havia escrito toda a sua obra, e caiu num silêncio literário que duraria até o fim de seus dias. De onde vinham suas alucinações? Acho que simplesmente de uma imaginação muito poderosa.

Não está tão claro de onde vinham as alucinações de Sócrates. Embora sempre se soubesse que ele tinha um caráter delirante e alucinado, uma conspiração de silêncio encarregou-se, durante séculos, de não destacar isso. É que seria muito difícil assumir o fato de um dos pilares de nossa civilização ter sido um excêntrico desmedido.

Até 1836 ninguém ousara se lembrar qual era a verdadeira personalidade de Sócrates; atreveu-se a isso Louis-Francisque Lélut, em *Du Démon de Socrate*, um belíssimo ensaio que, baseando-se escrupulosamente no testemunho de Xenofonte, recompôs a imagem do sábio grego. Às vezes, temos a impressão de estar vendo o retrato do poeta catalão Pere Gimferrer: "Vestia o mesmo casaco em todas as estações, caminhava descalço tanto sobre o gelo como sobre a terra, aquecida pelo sol da Grécia, volta e meia dançava e pulava sozinho, sem motivo e como por capricho [...], enfim, graças a sua conduta e a seus modos havia adquirido tal reputação de extravagante que Zenão, o Epicurista, apelidou-o de bufão de Atenas, o que hoje chamaríamos um *excêntrico*".

Platão oferece um testemunho mais que inquietante, em *O banquete*, sobre o caráter delirante e alucinado de Sócrates:

"Na metade do caminho, Sócrates ficou para trás, estava totalmente ensimesmado. Detive-me para esperá-lo, mas ele me disse que continuasse avançando [...]. Não — eu disse aos outros —, deixem-no, acontece-lhe muito frequentemente, de repente ele para ali onde está. Percebi — disse de repente Sócrates — esse sinal divino que me é familiar e cuja aparição sempre me paralisa no momento de agir [...]. O deus que me governa não me permitiu lhe falar sobre isso até agora, e esperava sua permissão".

"Habituei-me à simples alucinação", poderia ter escrito também Sócrates, não fosse o fato de ele jamais ter escrito uma única linha, suas excursões mentais de caráter alucinado poderiam ter muito a ver com sua recusa de escrever. É que não deve ser agradável para ninguém dedicar-se a inventariar por escrito as próprias alucinações. Rimbaud, sim, fez isso, mas depois de dois livros se cansou, talvez porque tivesse intuído que levaria uma péssima vida caso se dedicasse a registrar a todo instante, uma depois da outra, suas infatigáveis visões; talvez Rimbaud tivesse ouvido falar daquele conto de Asselineau, "L'Enfer du musicien", em que se narra o terrível caso de alucinação sofrido por um compositor condenado a ouvir simultaneamente todas as suas composições executadas, bem ou mal, em todos os pianos do mundo.

Há um parentesco evidente entre a negativa de Rimbaud de continuar inventariando suas visões e o eterno silêncio escrito do Sócrates das alucinações. Só que a emblemática renúncia à escrita por parte de Rimbaud, se quisermos, podemos vê-la como mera repetição do gesto histórico do ágrafo Sócrates, que, sem se incomodar em escrever livros como Rimbaud, fez menos rodeios e renunciou de saída à escrita de todas as suas alucinações em todos os pianos do mundo.

A esse parentesco entre Rimbaud e seu ilustre mestre Sócrates bem que se poderiam aplicar estas palavras de Victor Hugo:

"Há alguns homens misteriosos que só podem ser grandes. E por quê? Nem eles mesmos sabem. Por acaso quem os enviou sabe disso? Têm na pupila uma visão terrível que nunca os abandona. Viram o oceano como Homero, o Cáucaso como Ésquilo, Roma como Juvenal, o inferno como Dante, o paraíso como Milton, o homem como Shakespeare. Ébrios de sonho e intuição em sua marcha quase inconsciente sobre as águas do abismo, atravessaram o raio estranho do ideal, e este os penetrou para sempre... Um pálido sudário de luz cobre-lhes o rosto. A alma lhes sai pelos poros. Que alma? Deus".
Quem envia esses homens? Não sei. Tudo muda, exceto Deus. "Em seis meses, até a morte muda de figurino", dizia Paul Morand. Mas Deus jamais muda, digo a mim mesmo. É bem sabido que Deus se cala, é um mestre do silêncio, ouve todos os pianos do mundo, é um consumado escritor do Não, por isso é transcendente. Não posso estar mais de acordo com Marius Ambrosinus, que disse: "Em minha opinião, Deus é uma pessoa excepcional".

4

Na verdade, a doença, a síndrome de Bartleby, vem de longe. Hoje chega a ser um mal endêmico das literaturas contemporâneas essa pulsão negativa ou atração pelo nada que faz com que certos autores literários jamais cheguem, aparentemente, a sê-lo.

De fato, nosso século se inicia com o texto paradigmático de Hofmannsthal (*Carta de lorde Chandos* é de 1902), em que o autor vienense promete, em vão, nunca mais escrever uma única linha. Franz Kafka não desiste de aludir à impossibilidade essencial da matéria literária, sobretudo em seus *Diários*.

André Gide construiu um personagem que percorre todo um romance com a intenção de escrever um livro que nunca escreve (*Paludes*). Robert Musil enalteceu e quase transformou em mito a ideia de um "autor improdutivo" em *O homem sem qualidades*. Monsieur Teste, o alter ego de Valéry, não somente renunciou a escrever como atirou sua biblioteca pela janela. Wittgenstein publicou apenas dois livros: o célebre *Tractatus logico-philosophicus* e um vocabulário rural austríaco. Em mais de uma ocasião mencionou a dificuldade que significava para ele expor suas ideias. À semelhança do caso de Kafka, o seu tratado é um compêndio de textos inconclusos, de esboços e de projetos de livros que nunca publicou.

Entretanto, basta dar uma olhada na literatura do século xix para perceber que os quadros ou os livros "impossíveis" são uma herança quase lógica da própria estética romântica. Francesco, um personagem de *Os elixires do diabo*, de Hoffmann, nunca chega a pintar uma Vênus que imagina perfeita. Em *A obra-prima desconhecida*, Balzac fala-nos de um pintor que só consegue dar forma a um detalhe do pé de uma mulher sonhada. Flaubert jamais completou o projeto de *Garçon*, que no entanto orienta toda a sua obra. E Mallarmé só chegou a rabiscar algumas centenas de laudas com cálculos mercantis, e pouca coisa mais de seu projetado grande *Livre*.

Vem de longe, pois, o espetáculo moderno de toda essa gente paralisada ante as dimensões absolutas que implica toda criação. Entretanto, também os ágrafos, parodoxalmente, constituem literatura. Como escreve Marcel Bénabou em *Pourquoi Je n'Ai Écrit Aucun de Mes Livres*: "Entretanto não vá pensar, leitor, que os livros que não escrevi são puro nada. Ao contrário (que fique claro de uma vez), estão como em suspenso na literatura universal".

5

Às vezes a escrita é abandonada porque a pessoa simplesmente cai em um estado de loucura do qual nunca se recupera. O caso mais paradigmático é o de Hölderlin, que teve um imitador involuntário em Robert Walser. O primeiro ficou os últimos trinta e oito anos de sua vida fechado no sótão do carpinteiro Zimmer, em Tübingen, escrevendo versos estranhos e incompreensíveis que assinava com os nomes de Scardanelli, Killalusimeno ou Buonarotti. O segundo passou os últimos vinte e oito anos de sua vida trancado nos manicômios de Waldau, primeiro, e depois no de Herisau, dedicado a uma frenética atividade em letra microscópica, fictícios e indecifráveis galimatias em minúsculos pedaços de papel.

Creio que se pode dizer que, de certo modo, tanto Hölderlin quanto Walser *continuaram escrevendo*: "Escrever", dizia Marguerite Duras, "também é não falar. É calar-se. É uivar sem ruído". Dos uivos sem ruído de Hölderlin temos o testemunho, entre outros, de J. G. Fischer, que conta assim a última visita que fez ao poeta de Tübingen: "Pedi a Hölderlin algumas linhas sobre qualquer tema, e ele perguntou-me se eu queria que escrevesse sobre a Grécia, sobre a primavera ou sobre o Espírito do Tempo. Respondi-lhe que sobre o último. Então, brilhando em seus olhos algo como um fogo juvenil, acomodou-se na escrivaninha, pegou uma folha grande, uma caneta nova e escreveu, escandindo o ritmo com os dedos da mão esquerda sobre a escrivaninha e exclamando um *hum* de satisfação ao terminar cada linha, ao mesmo tempo que movia a cabeça em sinal de aprovação…".

Dos uivos sem ruído de Walser temos o amplo testemunho de Carl Seelig, o fiel amigo que continuou visitando o escritor quando este foi parar nos manicômios de Waldau e de Herisau.

Escolheu entre todos o "retrato de um momento" (esse gênero literário ao qual era tão aficionado Witold Gombrowicz) em que Seelig surpreendeu Walser no instante exato da verdade, esse momento em que uma pessoa, com um gesto — o movimento de cabeça em sinal de aprovação de Hölderlin, por exemplo — ou com uma frase, delata o que genuinamente é: "Nunca esquecerei aquela manhã de outono em que Walser e eu caminhamos de Teufen a Speichen, em meio a uma névoa muito espessa. Eu lhe disse naquele dia que talvez sua obra durasse tanto quanto a de Gottfried Keller. Plantou-se como se houvesse lançado raízes na terra, olhou-me com suma gravidade e me disse que, se eu levava a sério sua amizade, jamais viesse com semelhantes cerimônias. Ele, Robert Walser, era um zero à esquerda e queria ser esquecido".

Toda a obra de Walser, incluído seu ambíguo silêncio de vinte e oito anos, comenta a vaidade de toda empresa, a vaidade da própria vida. Talvez por isso só desejasse ser um zero à esquerda. Alguém disse que Walser é como um fundista que, prestes a alcançar a meta cobiçada, detém-se surpreso e olha os mestres e condiscípulos e desiste, ou seja, permanece em seu lugar, que é uma estética do desconcerto. Walser me lembra Piquemal, um curioso *sprinter*, ciclista dos anos 60 que era ciclotímico e às vezes se esquecia de terminar a corrida.

Robert Walser amava a vaidade, o fogo do verão e as botinhas femininas, as casas iluminadas pelo sol e as bandeiras ondulantes ao vento. No entanto, a vaidade que ele amava não tinha nada a ver com a ambição do sucesso pessoal, mas com esse tipo de vaidade que é uma terna exibição daquilo que é mínimo e fugaz. Walser não podia estar mais longe do clima das alturas, ali onde imperam a força e o prestígio: "E se algum dia uma onda me levantasse e me levasse até o alto, ali onde imperam a força e o prestígio, eu faria em pedaços as circunstâncias que me favoreceram e eu mesmo me atiraria para baixo, para as ínfimas e insignificantes trevas. Somente nas regiões inferiores consigo respirar".

Walser queria ser um zero à esquerda e o que mais desejava era ser esquecido. Tinha consciência de que todo escritor deve ser esquecido logo que acabe de escrever, porque essa página ele já perdeu, escapou-lhe literalmente voando, entrou em um contexto de situações e de sentimentos diferentes, responde a perguntas que outros homens lhe fazem e que seu autor nem sequer poderia imaginar.

A vaidade e a fama são ridículas. Sêneca dizia que a fama é horrível porque depende da opinião de muitos. Mas não é exatamente isso que levava Walser a desejar ser esquecido. Mais que horríveis, a fama e as vaidades mundanas eram, para ele, completamente absurdas. Isso porque a fama, por exemplo, parece dar por certo que há uma relação de propriedade entre um nome e um texto que tem uma existência sobre a qual esse pálido nome já não pode, seguramente, influir.

Walser queria ser um zero à esquerda e a vaidade que amava era uma vaidade como a de Fernando Pessoa, que certa vez afirmou ter jogado a vida fora assim como agora jogara ao chão um papel prateado que envolvia uma barra de chocolate.

Da vaidade do mundo ria também, no final de seus dias, Valéry Larbaud. Se Walser passou os últimos vinte e oito anos de sua vida trancado em manicômios, Valéry Larbaud, por causa de um ataque de hemiplegia, passou em uma cadeira de rodas os últimos vinte anos de sua obscura vida.

Larbaud conservou intactas sua lucidez e sua memória, mas caiu em uma confusão total de linguagem, carente de organização sintática, reduzido a substantivos ou a infinitivos isolados, reduzido a um mutismo inquietante que um dia, de repente, ante a surpresa dos amigos que foram visitá-lo, irrompeu nesta frase:

— *Bonsoir les choses d'ici bas.*

Boa tarde às coisas daqui de baixo? Uma frase intraduzível. Héctor Bianciotti, em uma narrativa dedicada a Larbaud, observa que em *bonsoir* há crepúsculo, o dia que se acaba, em vez de noite, e uma leve ironia colore a frase ao referir-se *às coisas daqui de baixo*, ou seja, deste mundo. Substituí-la por *adeus* alteraria o delicado matiz.

Larbaud repetiu essa frase várias vezes ao longo daquele dia, sempre contendo o riso, sem dúvida para mostrar que não se enganava, que sabia que a frase nada significava, mas que servia muito bem para comentar a vaidade de qualquer feito.

No oposto disso encontra-se Fanil, o protagonista do conto "El vanidoso", de um escritor argentino que admiro muito, J. Rodolfo Wilcock, grande narrador que, por sua vez, admirava muito Walser. Acabo de encontrar, guardada entre as páginas de um de seus livros, uma entrevista em que Wilcock faz esta declaração de princípios: "Entre meus autores preferidos estão Robert Walser e Ronald Firbank, e todos os autores preferidos por Walser e por Firbank, e todos os autores que estes, por sua vez, preferiam".

Fanil, o protagonista de "El vanidoso", tem a pele e os músculos transparentes, tanto que os diferentes órgãos de seu corpo são vistos como se estivessem fechados em uma vitrina. Fanil adora exibir-se e exibir suas vísceras, recebe os amigos em trajes de banho, assoma à janela com o torso nu; deixa que todos admirem o funcionamento de seus órgãos. Os dois pulmões se inflam como um sopro, o coração bate, as tripas se contorcem lentamente, e ele faz alarde disso. "Mas é sempre assim", escreve Wilcock: "quando uma pessoa tem uma peculiaridade, em vez de escondê-la, faz alarde e, às vezes, chega a fazer dela sua razão de ser."

O conto conclui-se dizendo que tudo isso acontece até chegar o dia em que alguém diz ao vaidoso: "Escute, o que é essa mancha branca que você tem aqui, debaixo do mamilo? Não estava aí antes". Então se vê onde vão parar as exibições desagradáveis.

6

Há o caso de quem renuncia a escrever porque se considera um ninguém. Pepín Bello, por exemplo. Marguerite Duras dizia: "A história de minha vida não existe. Não há centro. Não há caminho nem linha. Há vastos espaços onde se fez acreditar haver alguém, mas não é verdade, não havia ninguém". "Não sou ninguém", diz Pepín Bello quando se fala com ele e se faz referência a seu comprovado papel de galvanizador ou artífice, profeta ou cérebro da geração de 27 e, sobretudo, do grupo que ele, García Lorca, Buñuel e Dalí formaram na Residência de Estudantes. Em *La edad de oro*, Vicente Molina Foix conta como, ao lembrar a Bello sua influência decisiva sobre os melhores cérebros de sua geração, este se limitou a responder-lhe, com uma modéstia que não soou vazia nem orgulhosa: "Não sou ninguém".

Por mais que se insista com Pepín Bello — hoje um homem de noventa e três anos, surpreendente ágrafo apesar de sua genialidade artística —, por mais que ele seja lembrado de que até mesmo todas as memórias e todos os livros que tratam da geração de 27 repercutem seu nome, por mais que se diga a ele que em todos esses livros fala-se dele com altíssima admiração por suas ideias originais, por suas antecipações, por sua agudeza, por mais que se diga que ele foi o cérebro por trás da geração literária mais brilhante da Espanha do século XX, por mais que se insista com ele sobre tudo isso, ele sempre diz que não é ninguém e, depois, rindo de modo infinitamente sério, esclarece: "Escrevi muito, mas não resta nada. Perdi cartas e perdi textos escritos naquela época da

Residência, porque não lhes dei valor algum. Escrevi memórias e as rasguei. O gênero das memórias é importante, eu não".

Na Espanha, Pepín Bello é o escritor do Não por excelência, o arquétipo genial do artista hispânico sem obra. Bello consta de todos os dicionários artísticos, é reconhecido por uma atividade excepcional e, no entanto, carece de obras, atravessou a história da arte sem ambições de alcançar qualquer cume: "Nunca escrevi com intenção de publicar. Fiz isso para os amigos, para rirmos, de gozação".

Certa vez, de passagem por Madri, há mais ou menos cinco anos, acabei indo à Residência de Estudantes, onde haviam organizado um ato em homenagem a Buñuel. Aí estava Pepín Bello. Observei-o por um bom tempo e cheguei a me aproximar dele para ver que tipo de coisas dizia. Em tom de caçoada, zombeteiro e divertido, ouvi-o dizer:

— Eu sou o Pepín Bello dos manuais e dos dicionários.

Jamais deixarei de admirar o destino desse obstinado ágrafo, de quem sempre se ressalta a absoluta simplicidade, como se ele soubesse que nela se encontra o verdadeiro modo de distinguir-se.

7

Dizia o triestino Bobi Bazlen: "Creio que já não é possível escrever livros. Portanto, não escrevo mais livros. Quase todos os livros não passam de notas de rodapé, infladas até se transformarem em volumes. Por isso escrevo apenas notas de rodapé".

Suas *Notas sem texto*, reunidas em cadernos, foram publicadas em 1970 pela editora Adelphi, cinco anos depois de sua morte.

Bobi Bazlen foi um judeu de Trieste que havia lido todos os livros em todas as línguas e que, embora tivesse uma consciência literária muito exigente (ou talvez precisamente por isso), em vez de escrever, preferiu intervir diretamente na vida das pessoas. O fato de não ter produzido uma obra faz parte de sua obra. O caso de Bazlen é muito curioso, espécie de sol negro da crise do Ocidente; sua própria existência parece o verdadeiro final da literatura, da falta de obra, da morte do autor: escritor sem livros e, em consequência, livros sem escritor.

Entretanto, por que Bazlen não escreveu?

Essa é a pergunta em torno da qual gira o romance de Daniele Del Giudice, *O estádio de Wimbledon*. De Trieste a Londres, essa pergunta orienta a indagação do narrador em primeira pessoa, um jovem que se questiona sobre o mistério de Bazlen, quinze anos depois de sua morte, e que viaja para Trieste e Londres à procura de amigos e amigas de juventude, agora velhos. Interroga os antigos amigos do mítico ágrafo em busca dos motivos pelos quais ele nunca escreveu — podendo fazê-lo magnificamente — um livro. Bazlen, caído agora em certo esquecimento, havia sido um homem muito famoso e venerado no mundo editorial italiano. Esse homem, de quem se dizia que havia lido todos os livros, fora assessor da Einaudi e o fiel da balança da Adelphi desde sua fundação em 1962, amigo de Svevo, Saba, Montale e Proust, além de introdutor, na Itália, de Freud, Musil e Kafka, entre outros.

Todos os seus amigos passaram a vida acreditando que no final Bazlen acabaria escrevendo um livro, que seria uma obra-prima. No entanto, Bobi Bazlen deixou apenas essas notas de rodapé, *Notas sem texto*, e um romance feito pela metade, *Il capitano di lungo corso*.

Del Giudice contou que, quando começou a escrever *O estádio de Wimbledon*, desejava conservar na narrativa a ideia de Bazlen segundo a qual "já não é possível continuar escrevendo", mas ao mesmo tempo procurava dar uma volta a mais no parafuso dessa negação. Sabia que desse modo daria mais tensão a seu relato. O que acabou acontecendo com Del Giudice no final de seu romance é fácil de adivinhar: viu que todo o romance não passava da história de uma decisão, a de escrever. Há até mesmo momentos no livro em que Del Giudice, pela boca de uma velha amiga de Bazlen, maltrata com extrema crueldade o mítico ágrafo: "Era perverso. Passava o tempo ocupando-se da vida alheia, das relações dos outros: em suma, um fracassado que vivia a vida dos outros".

Em outra passagem do romance o jovem narrador fala nestes termos: "Escrever não é importante, mas não se pode fazer outra coisa". Desse modo o narrador proclama certa moral que é exatamente contrária à de Bazlen. "O romance de Del Giudice opõe-se de forma quase tímida", escreveu Patrizia Lombardo, "àqueles que culpam a produção literária, arquitetônica, a todos que veneram Bazlen por seu silêncio. Entre a futilidade da pura criatividade artística e o terrorismo da negatividade, talvez haja lugar para algo diferente: a moral da forma, o prazer de um objeto bem-acabado."

Eu diria que para Del Giudice escrever é uma atividade de alto risco, e, nesse sentido, no estilo de seus admirados Pasolini e Calvino, ele entende que a obra escrita está baseada no nada, e que um texto, se pretende ser válido, deve abrir novos caminhos e tentar dizer aquilo que ainda não se disse.

Creio que estou de acordo com Del Giudice. Em uma descrição bem-feita, ainda que obscena, há algo de moral: a vontade de dizer a verdade. Quando se usa a linguagem para simplesmente obter um efeito, para não ir mais longe do que nos é permitido, incorre-se paradoxalmente em um ato imoral. Em *O estádio de Wimbledon* há, por parte de Del Giudice, uma busca ética, precisamente em sua luta por criar novas formas. O escritor que tenta ampliar as fronteiras do humano pode fracassar. Em compensação, o autor de produtos literários convencionais nunca fracassa, não corre riscos, basta-lhe aplicar a fórmula de sempre, sua fórmula de acadêmico acomodado, sua fórmula de ocultamento.

Do mesmo modo que na *Carta de lorde Chandos* (em que nos é dito que o infinito conjunto cósmico do qual fazemos parte não pode ser descrito por palavras e, portanto, a escrita é um pequeno equívoco sem importância, tão pequeno que nos faz quase mudos), o romance de Del Giudice ilustra a impossibilidade da escrita, mas também nos indica que podem existir olhares novos sobre novos objetos e que, portanto, é melhor escrever do que não o fazer.

E há mais motivos para pensar que é melhor escrever? Sim. Um deles é muito simples: porque ainda se pode escrever com alto senso do risco e da beleza em estilo clássico. É a grande lição do livro de Del Giudice, pois nele se mostra, página após página, um interesse muito grande pela antiguidade do novo. Porque o passado sempre ressurge com uma volta a mais no parafuso. A internet, por exemplo, é nova, mas a *rede* sempre existiu. A rede com a qual os pescadores pegavam os peixes agora não serve para capturar presas, e sim para nos abrirmos ao mundo. Tudo permanece, mas muda, pois o de sempre se repete, perecível, no novo, que passa rapidíssimo.

8

E há mais motivos para pensar que é melhor escrever? Há pouco li A *trégua*, de Primo Levi, em que ele retrata as pessoas que estavam com ele no campo de concentração, gente da qual não teríamos notícia se não fosse por esse livro. E Levi diz que todos eles queriam voltar para suas casas, queriam sobreviver não só por instinto de preservação, mas porque desejavam contar o que haviam visto. Queriam que a experiência servisse para que tudo isso não tornasse a acontecer, mas havia mais: procuravam narrar esses dias trágicos para que não se dissolvessem no esquecimento.

Todos desejamos resgatar por intermédio da memória cada fragmento de vida que subitamente nos volta, por mais indigno, por mais doloroso que seja. E a única maneira de fazê-lo é fixá-lo com a escrita.

A literatura, por mais que nos apaixone negá-la, permite resgatar do esquecimento tudo isso sobre o que o olhar contemporâneo, cada dia mais imoral, pretende deslizar com a mais absoluta indiferença.

9

Se para Platão a vida é um esquecimento da ideia, para Clément Cadou toda a sua vida foi esquecer-se de que um dia teve a ideia de querer ser escritor.

Sua estranha atitude — nada menos do que, para esquecer-se de escrever, passar a vida toda considerando-se uma peça de mobília — tem pontos em comum com a não menos estranha biografia de Félicien Marboeuf, um ágrafo de quem tive notícia por meio de *Artistas sem obras*, um engenhoso livro de Jean-Yves Jouannais sobre o tema dos criadores que optaram por não criar.

Clément Cadou tinha quinze anos quando seus pais convidaram Witold Gombrowicz para jantar em sua casa. Fazia apenas alguns meses que, por via marítima, o escritor polonês — estamos no final de abril de 1963 — havia deixado Buenos Aires para sempre e, após seu desembarque e passagem fugaz por Barcelona, dirigira-se a Paris, onde, entre muitas outras coisas, aceitara o convite para jantar na casa dos Cadou, velhos amigos dos anos 50 em Buenos Aires.

O jovem Cadou era aspirante a escritor. De fato, estava se preparando para isso havia meses. Era a alegria de seus pais, que, diferentemente de muitos outros, haviam posto à sua disposição todo tipo de facilidades para que pudesse ser escritor. Tinham imensa esperança de que o jovem Cadou um dia se transformasse em uma brilhante estrela do firmamento literário francês. Condições não faltavam ao garoto, que lia sem trégua toda espécie de livros e se preparava com seriedade para chegar a ser, o mais rápido possível, um escritor admirado.

Em sua tenra idade, o jovem Cadou conhecia bastante bem a obra de Gombrowicz, obra que o deixava muito impressionado e que o levava, às vezes, a recitar para seus pais parágrafos inteiros dos romances do polonês.

Dessa forma, a satisfação dos pais ao convidarem Gombrowicz para jantar foi dupla. Entusiasmava-os a ideia de que seu jovem filho pudesse entrar em contato direto, e sem sair de casa, com a genialidade do grande escritor polonês.

No entanto, aconteceu algo muito imprevisto. O jovem Cadou impressionou-se tanto ao ver Gombrowicz entre as quatro paredes da casa de seus pais que mal abriu a boca durante o sarau e acabou — algo parecido se passara com o jovem Marbouef quando viu Flaubert na casa de seus pais — sentindo-se literalmente um móvel da sala em que jantaram.

A partir daquela metamorfose caseira, o jovem Cadou viu como ficavam anuladas para sempre suas aspirações de chegar a ser um escritor.

Mas o caso de Cadou se diferencia do de Marbouef pela frenética atividade artística que, a partir dos dezessete anos, desenvolveu para preencher o vazio que nele deixara sua inapelável renúncia a escrever. É que Cadou, diferentemente de Marbouef, não se limitou a ver toda a sua breve vida (morreu jovem) como uma peça da mobília, mas, ao menos, pintou. Pintou móveis, precisamente. Foi a maneira de esquecer aos poucos que um dia quis escrever.

Todos os seus quadros tinham como protagonista absoluto um móvel, e todos levavam o mesmo enigmático e repetitivo título: "Autorretrato".

"É que me sinto um móvel, e os móveis, que eu saiba, não escrevem", costumava desculpar-se Cadou quando alguém lhe lembrava que ele, ainda muito jovem, queria ser escritor.

Sobre o caso de Cadou há um interessante estudo de Georges Perec (*Retrato do autor visto como um móvel, sempre*, Paris, 1973), em que se coloca sarcástica ênfase no fato ocorrido em 1972, quando o pobre Cadou morreu depois de longa e penosa enfermidade. Seus familiares, sem querer, enterraram-no como se fosse um móvel, desfizeram-se dele como quem se desfaz de um móvel que já estorva e o enterraram em um nicho próximo do Mercado das Pulgas de Paris, onde se podem encontrar tantos móveis velhos.

Sabendo que ia morrer, o jovem Cadou deixou escrito para sua tumba um breve epitáfio que pediu a sua família que fosse considerado suas "obras completas". Um pedido irônico. Esse epitáfio diz: "Tentei sem sucesso ser mais móveis, mas nem isso me foi concedido. Assim, a vida inteira fui um único móvel, o que, afinal de contas, não é pouco se pensarmos que tudo o mais é silêncio".

10

Não ir ao escritório me faz viver ainda mais isolado do que já estava. Mas isso não é nenhum drama, muito pelo contrário.

Tenho agora todo o tempo do mundo, e isso me permite fatigar (como diria Borges) estantes, entrar nos livros de minha biblioteca e sair deles, sempre à procura de novos casos de *bartlebys* que me permitam ir engrossando a lista de escritores do Não que venho elaborando no decorrer de tantos anos de silêncio literário.

Esta manhã, ao folhear um dicionário de escritores espanhóis célebres, casualmente topei com um curioso caso de renúncia à literatura, o do insigne Gregorio Martínez Sierra.

Este senhor escritor, que estudei na escola e que sempre me pareceu soturno, nasceu em 1881 e morreu em 1947, fundou revistas e editoras e escreveu poemas péssimos e romances horrendos, e estava já à beira do suicídio (pois seu fracasso não poderia ter sido mais estrondoso), quando de repente ganhou fama como autor teatral de obras feministas, *El ama de casa* e *Canción de cuna*, entre outras, para não falar de *Sueño de una noche de agosto*, que o levou aos píncaros da glória.

Recentes pesquisas indicam que todas as suas peças teatrais foram escritas por sua esposa, dona María de la O Lejárraga, conhecida como María Martínez Sierra.

11

Viver tão isolado não é nenhum drama, mas de vez em quando ainda sinto necessidade de comunicar-me com alguém. No entanto, pela falta de amigos (que não seja Juan) e de outras relações, não posso recorrer a ninguém nem vontade tenho de fazê-lo. Agora, estou consciente de que para escrever este caderno de notas não me iria mal a colaboração de outras pessoas que pudessem ampliar a informação que possuo sobre *bartlebys*, sobre escritores do Não. O fato é que talvez não me baste a lista de *bartlebys* que possuo nem fatigar estantes. Foi isso que me levou esta manhã à ousadia de enviar uma carta a Paris para Robert Derain, que me é inteiramente desconhecido, mas que é autor de *Eclipses littéraires*, uma magnífica antologia de narrativas pertencentes a autores cujo denominador comum é terem escrito um único livro em sua vida e depois terem renunciado à literatura. Todos os autores desse livro de eclipses são inventados, da mesma forma que as narrativas atribuídas a esses *bartlebys* foram escritas, na verdade, pelo próprio Derain.

Enviei uma breve carta a Derain pedindo-lhe a amabilidade de colaborar na redação deste caderno de notas de rodapé. Expliquei-lhe que este livro vai significar minha volta à escritura depois de vinte e cinco anos de eclipse literário. Mandei-lhe uma lista dos *bartlebys* que já tenho inventariados e pedi-lhe que me mande notícias daqueles escritores do Não que ele veja que me faltam.

Vamos ver o que acontece.

12

Não escrever nada por estar esperando a inspiração é um truque que sempre funciona e foi utilizado pelo próprio Stendhal, que diz em sua autobiografia: "Se por volta de 1795 tivesse comentado com alguém meu projeto de escrever, qualquer homem sensato ter-me-ia dito que escrevesse duas horas por dia, com ou sem inspiração. Essas palavras talvez me tivessem permitido aproveitar os dez anos de minha vida que desperdicei totalmente aguardando a *inspiração*".

Há muitos truques para dizer não. Se algum dia se escrever a história da arte da negativa em geral (não apenas da negativa da escrita), será necessário levar em conta um delicioso livro recém-publicado por Giovanni Albertocchi, *Disagi e malesseri di un mitente*, em que se estudam com muita graça as argúcias que Manzoni inventava em seu epistolário para dizer não.

Pensar na argúcia de Stendhal fez-me lembrar daquela que, para não escrever, utilizava, em seu exílio mexicano, esse poeta estranho e perturbador que foi Pedro Garfias, descrito por Luis Buñuel, em suas memórias, como um homem que podia passar uma infinidade de tempo sem escrever uma única linha, porque procurava um adjetivo. Quando Buñuel o via, perguntava-lhe:

— Já encontrou aquele adjetivo?

— Não, continuo procurando — respondia Pedro Garfias, afastando-se pensativo.

Outro truque, não menos engenhoso, é o inventado por Jules Renard, que anota em seu *Diário*: "Não serás nada. Por mais que faças, não serás nada. Compreendes os melhores poetas, os prosadores mais profundos, mas, ainda que digam que compreender é igualar-se, serás tão comparável a eles quanto um ínfimo anão pode comparar-se aos gigantes [...]. Não serás nada. Chora, grita, agarra tua cabeça com as mãos, espera, desespera, retoma a tarefa, empurra a pedra. Não serás nada".

Há muitos truques, mas também é verdade que houve escritores que se negaram a inventar qualquer justificativa para sua renúncia; são aqueles que, sem deixar vestígio nenhum, desapareceram fisicamente, e assim nunca tiveram de explicar por que não queriam continuar escrevendo. Quando digo "fisicamente" não quero dizer que se mataram com as próprias mãos, mas que simplesmente se desvaneceram, evaporaram sem deixar rastro. Na estante desses escritores destacam-se particularmente Crane e Cravan. Parecem uma dupla artística, mas não o foram nem se conheceram; no entanto, ambos têm um ponto em comum: os dois se esfumaram, em misteriosas circunstâncias, nas águas do México.

Assim como se dizia de Marcel Duchamp que sua melhor

obra sempre foi seu horário, de Crane e Cravan pode-se dizer que sua melhor obra foi ter desaparecido, sem deixar vestígio algum, nas águas do México.

Arthur Cravan dizia que era sobrinho de Oscar Wilde e, salvo editar cinco números em Paris de uma revista que se chamava *Maintenant*, nada mais fez. Embora se chame isso de lei do mínimo esforço, os cinco números de *Maintenant* foram mais que suficientes para fazê-lo passar, com todas as honras, para a história da literatura.

Em um desses números escreveu que Apollinaire era judeu. Este mordeu a isca e enviou um protesto à revista, desmentindo-o. Então Cravan escreveu uma carta de desculpas, provavelmente já sabendo que seu movimento seguinte seria viajar para o México e aí esfumar-se, sem deixar rastro.

Quando alguém sabe que vai desaparecer, não é muito diplomático com os personagens que mais detesta.

"Embora não tema o sabre de Apollinaire", escreveu no último número de *Maintenant*, "visto que meu amor-próprio é muito escasso, estou disposto a fazer todas as retificações do mundo e a declarar que, contrariamente ao que pudesse ter deixado entrever em meu artigo, o sr. Apollinaire não é judeu, mas católico romano. A fim de evitar possíveis mal-entendidos futuros, desejo acrescentar que o dito senhor tem uma grande barriga, que seu aspecto exterior se assemelha mais ao de um rinoceronte que ao de uma girafa [...]. Desejo retificar também uma frase que poderia dar lugar a equívocos. Quando digo, falando de Marie Laurencin, que é alguém que necessitaria que lhe levantassem a saia e lhe metessem uma grande... em certo lugar, quero na verdade dizer que Marie Laurencin é alguém que necessitaria que lhe levantassem a saia e lhe metessem uma grande astronomia em seu teatro de variedades."

Escreveu isso e deixou Paris. Viajou para o México, onde

uma tarde subiu em uma canoa dizendo que voltaria algumas horas depois, e nunca mais ninguém o viu, jamais se encontrou seu corpo.

Quanto a Hart Crane, é preciso dizer, em primeiro lugar, que nasceu em Ohio, filho de um rico industrial, e que, quando menino, foi muito afetado pela separação dos pais, motivo de uma profunda ferida emocional que o levou a tocar sempre as raias da loucura.

Acreditou ver na poesia a única saída possível para seu drama e, durante um tempo, encharcou-se de leituras poéticas, chegou-se a dizer que tinha lido toda a poesia do mundo. Daí talvez proceda a máxima exigência que ele determinava a si mesmo para abordar a própria obra poética. Perturbou-o muito o pessimismo cultural que viu em A terra desolada, de T.S. Eliot, e que, para ele, levava a lírica mundial a um beco sem saída precisamente no espaço, o da poesia, em que havia vislumbrado o único ponto de fuga possível para sua dramática experiência de filho de pais separados.

Escreveu A ponte, poema épico com que obteve inumeráveis elogios, mas que, devido a seu nível de autoexigência, não o satisfez, pois pensava poder chegar, em poesia, a cumes muito mais altos. Foi quando decidiu viajar ao México com a ideia de escrever um poema épico como A ponte, mas com profundidade maior, já que desta vez o tema escolhido era Montezuma. No entanto, a figura desse imperador (que logo lhe pareceu excessiva, descomunal, totalmente inatingível) acabou provocando-lhe sérios transtornos mentais que o impediram de escrever o poema e o levaram à convicção — a mesma que, sem saber, Franz Kafka havia tido anos antes — de que a única coisa sobre a qual se podia escrever era algo muito deprimente; disse a si mesmo que só era possível escrever sobre a impossibilidade essencial da escrita.

Uma tarde, embarcou em Veracruz rumo a Nova Orleans. Embarcar significou para ele renunciar à poesia. Nunca chegou a Nova Orleans, desapareceu em pleno Golfo do México. O último a vê-lo foi John Martin, um comerciante de Nebraska que esteve falando com ele sobre assuntos triviais, no convés do barco, até que Crane proferiu o nome de Montezuma e seu rosto assumiu um alarmante ar de homem humilhado. Tentando dissimular seu repentino aspecto sombrio, Crane mudou imediatamente de assunto e perguntou se era verdade que havia duas Nova Orleans.

— Que eu saiba — disse Martin —, existem a cidade moderna e a que não é.

— Eu irei à moderna para dali caminhar ao passado — disse Crane.

— Gosta do passado, sr. Crane?

Não respondeu à pergunta. Ainda mais sombrio do que alguns segundos antes, afastou-se lentamente dali. Martin pensou que, se voltasse a encontrá-lo no convés, tornaria a perguntar se ele gostava do passado. Mas não tornou a vê-lo, ninguém mais viu Crane, perdeu-se nas profundezas do Golfo. Quando desembarcaram em Nova Orleans, Crane já não estava, já não estava nem para a arte da negativa.

13

Desde que comecei estas notas sem texto ouço como ruído de fundo algo que escreveu Jaime Gil de Biedma sobre o não escrever. Sem dúvida, suas palavras trazem maior complexidade ao labiríntico tema do Não: "Talvez fosse necessário dizer algo mais sobre isso, sobre o não escrever. Muita gente me pergunta isso, eu me pergunto. E perguntar-me por que não escrevo inevitavelmente desemboca em outra inquisição muito mais inquietante: por que escrevi? Afinal de contas, o normal é ler. Minhas respostas favoritas são duas. Uma, que minha poesia consistiu — sem que eu soubesse — em uma tentativa de inventar uma identidade para mim; inventada, e assumida, já não tenho vontade de colocar-me inteiro em cada poema, que era o que me apaixonava quando os escrevia. Outra, que tudo foi um equívoco: eu pensava que queria ser poeta, mas no fundo queria ser poema. E em parte, na pior parte, eu consegui isso; como qualquer poema medianamente bem-feito, agora careço de liberdade interior, sou todo necessidade e submissão interna a esse atormentado tirano, a esse Big Brother insone, onisciente e ubíquo: Eu. Metade Caliban, metade Narciso, temo-o sobretudo quando o escuto perguntar-me junto a uma sacada aberta: 'Que faz um rapaz de 1950 como você em um ano indiferente como este?'. *All the rest is silence"*.

14

Daria tudo para possuir a biblioteca impossível de Alonso Quijana ou a do capitão Nemo. Todos os livros dessas duas bibliotecas estão em suspenso na literatura universal, como estão também os da biblioteca de Alexandria, com aqueles 40 mil rolos que se perderam no incêndio provocado por Júlio César. Conta-se que, em Alexandria, o sábio Ptolomeu chegou a conceber uma carta a "todos os soberanos e governantes da Terra", na qual pensava em pedir que "não hesitassem em enviar-lhe" as obras de qualquer gênero de autores, "poetas ou prosadores, retóricos ou sofistas, médicos e adivinhos, historiadores e todos os demais". E, por fim, sabe-se também que Ptolomeu ordenou que fossem copiados todos os livros que se encontrassem nos navios que faziam escala em Alexandria, que os originais fossem retidos e a seus donos fossem entregues as cópias. Depois chamou esse acervo de "o acervo dos navios".

Tudo isso desapareceu, o fogo parece ser o destino final das bibliotecas. Porém, embora tantos livros tenham desaparecido, eles não são mero nada, ao contrário, estão todos em suspenso na literatura universal, assim como estão todos os livros de cavalaria de Alonso Quijana ou os misteriosos tratados filosóficos da biblioteca submarina do capitão Nemo — os livros de Dom Quixote e de Nemo são "o acervo do navio" de nossa mais íntima imaginação —, assim como estão todos os livros que Blaise Cendrars queria reunir em um volume que projetou durante longo tempo e que esteve bem próximo de escrever: *Manuel de la bibliographie des livres jamais publiés ni même écrits*.

Biblioteca não menos fantasma, mas com a particularidade de que existe, de que pode ser visitada a qualquer momento, é a Biblioteca Brautigan, que se encontra em Burlington, Estados Unidos. O nome dessa biblioteca homenageia Richard Brautigan, escritor underground norte-americano, autor de obras como *The Abortion, Willard and his Bowling Throphies* e *Trout Fishing in America*.

A Biblioteca Brautigan reúne exclusivamente manuscritos que, tendo sido recusados pelas editoras às quais foram apresentados, nunca chegaram a ser publicados. Essa biblioteca reúne somente livros abortados. Quem tiver manuscritos dessa espécie e quiser enviá-los à Biblioteca do Não ou Biblioteca Brautigan só terá de remetê-los ao povoado de Burlington, em Vermont, Estados Unidos. Sei de fonte digna de nota — embora ali estejam apenas interessados em armazenar textos indignos de nota — que nenhum manuscrito é recusado; ao contrário, ali são cuidados e exibidos com o maior prazer e respeito.

15

Trabalhei em Paris em meados dos anos 70 e desses dias me vem intocada agora a lembrança de María Lima Mendes e da estranha síndrome de Bartleby que a mantinha torturada, paralisada, aterrorizada.

Apaixonei-me por María como nunca antes por ninguém, mas ela não tinha o mesmo afã, tratava-me simplesmente como companheiro de trabalho que eu era. María Lima Mendes era filha de pai cubano e mãe portuguesa, uma mistura da qual se sentia especialmente orgulhosa.

— Entre o *son* cubano e o fado — costumava dizer ela, sorrindo com uma ponta de tristeza.

Quando comecei a trabalhar na Radio France Internationale e a conheci, María já estava morando em Paris havia três anos, antes sua vida se dividira entre Havana e Coimbra. María era encantadora, de uma beleza mestiça extraordinária, queria ser escritora.

— Literata — costumava precisar, com a graça cubana tocada pela sombra do fado.

Não digo isso porque estivesse apaixonado: María Lima Mendes é das pessoas mais inteligentes que conheci em minha vida. E uma das mais dotadas, sem dúvida alguma, para a escrita; para a invenção de histórias tinha, concretamente, uma imaginação prodigiosa. Graça cubana e tristeza portuguesa em estado puro. O que teria acontecido para que não se transformasse na literata que queria ser?

Na tarde em que a conheci nos corredores da Radio France, ela já estava seriamente *touchée* pela síndrome de Bartleby, pela pulsão negativa que ia sutilmente arrastando-a para uma paralisia total perante a escrita.

— O Mal — dizia ela —, é o Mal.

A origem do Mal devia ser situada, segundo María, na irrupção do *chosisme*, palavra estranha para mim naqueles dias.

— O *chosisme*, María?

— *Oui* — dizia ela, assentindo com a cabeça, e então contava como chegara a Paris no início dos anos 70 e como se instalara no Quartier Latin com a ideia de que esse bairro iria transformá-la rapidamente em literata, pois não ignorava que sucessivas gerações de escritores latino-americanos haviam se instalado ali e, felizmente, encontrado as condições ideais para ser escritores.

E María citava Severo Sarduy, que dizia que estes não se exilavam, desde o início do século, na França nem em Paris, mas sim no Quartier Latin e em dois ou três de seus cafés.

María Lima Mendes passava horas no Flore ou no Deux Magots. E eu muitas vezes conseguia estar ali sentado com ela, que me tratava com grande delicadeza como amigo, mas não me amava, não me amava nem um pouco embora gostasse de mim, gostava porque minha corcunda lhe dava pena. Muitas vezes conseguia passar momentos agradáveis junto dela. E mais de uma vez a ouvi comentar que, quando chegou a Paris, instalar-se naquele bairro havia significado para ela, em um primeiro momento, começar a fazer parte de um clã, integrar-se a um brasão, algo assim como abraçar uma ordem secreta e aceitar a delegação de uma continuidade, ficar marcada por essa heráldica de álcool, de ausência e de silêncio que eram os máximos distintivos do bairro literário e de seus dois ou três cafés.

— Por que você diz que de ausência e de silêncio, María?

De ausência e de silêncio, explicou-me certo dia, porque muitas vezes sentia saudades de Cuba, do rumor do Caribe, do cheiro adocicado da goiaba, da sombra roxa do jacarandá; da mancha avermelhada, sombreando a sesta, de um flamboyant e, sobretudo, da voz de Celia Cruz, das vozes familiares da infância e da festa.

Apesar da ausência e do silêncio, no início Paris foi para ela apenas uma grande festa. Integrar-se a um brasão e abraçar a ordem secreta tornou-se dramático no momento em que apareceu na vida de María o Mal que a impediria de ser literata.

Na primeira etapa, o Mal se chamou concretamente *chosisme*.

— O *chosisme*, María?

Sim. A culpa não fora da bossa-nova e sim do *chosisme*. Quando chegou ao bairro no início dos anos 70, era moda nos romances prescindir do argumento. O que se usava era o *chosisme*, isto é, descrever com morosidade as coisas: a mesa, a cadeira, o canivete, o tinteiro...

Tudo isso, no fim das contas, acabou lhe fazendo muito mal. No entanto, quando chegou ao bairro, ela nem podia suspeitar disso. Imediatamente depois de instalar-se na rua Bonaparte, havia começado a pôr mãos à obra, isto é, havia começado a frequentar os dois ou três cafés do bairro e começado a escrever, sem maiores delongas, um ambicioso romance nas mesas desses cafés. A primeira coisa, então, que fez foi aceitar a delegação de uma continuidade. "Você não pode ser indigna dos que vieram antes", dissera a si mesma pensando nos outros escritores latino-americanos que à distância lhe haviam dado, nas varandas desses cafés, consistência, textura. "Agora cabe a mim", dizia a si mesma em suas animadas primeiras visitas àquelas varandas, onde havia embarcado na escritura de seu primeiro romance, que levava o título francês *Le Cafard*, embora fosse escrevê-lo em espanhol, claro.

Começou muito bem o romance, seguindo um plano preconcebido. Nele, uma mulher de inconfundível ar melancólico estava sentada em uma cadeira dobrável, daquelas colocadas em fileira, ao lado de outras pessoas de idade avançada, silenciosas, impassíveis, contemplando o mar. Diferentemente do céu, o mar apresentava seu costumeiro tom cinza-escuro. Mas estava

calmo, as ondas faziam um ruído apaziguador, calmante, ao quebrar suaves na areia.
Aproximavam-se da terra.
— Tenho carro — dizia o da cadeira contígua.
— Este é o Atlântico, não é? — perguntava ela.
— Claro que sim. Que pensava que era?
— Pensei que podia ser o canal de Bristol.
— Não, não. Veja. — O homem pegava um mapa. — Aqui está o canal de Bristol e aqui estamos nós. Este é o Atlântico.
— É muito cinza — observava ela, e pedia a um garçom uma água mineral bem gelada.

Até aqui tudo bem para María, mas, a partir da água mineral, o romance encalhou dramaticamente, pois ela começou de repente a pôr em prática o *chosisme*, a render culto à moda. Dedicou nada menos que trinta folhas à descrição minuciosa do rótulo da garrafa de água mineral.

Quando concluiu a exaustiva descrição do rótulo e voltou às ondas que quebravam suaves sobre a areia, o romance estava tão travado quanto destroçado, não pôde continuá-lo, o que lhe causou tal desânimo que se refugiou totalmente no trabalho recém-conseguido na Radio France. Se só tivesse se refugiado nisso..., mas deu também para concentrar-se no minucioso estudo dos romances do Nouveau Roman, em que se encontrava precisamente a máxima apoteose do *chosisme*, muito especialmente em Robbe-Grillet, que foi o que María mais leu e analisou.

Um dia, ela decidiu retomar *Le Cafard*. "O barco não parecia avançar em direção alguma", assim começou sua nova tentativa de ser romancista, mas começou-o com um lastro do qual estava consciente: o da obsessão robbe-grilletiana de anular o tempo, ou de deter-se mais que o necessário no trivial.

Embora algo lhe dissesse que seria melhor apostar na trama e contar uma história à moda antiga, algo ao mesmo tempo a freava severamente ao dizer-lhe que seria vista como uma rústica romancista reacionária. Horrorizava-a que a acusassem disso, e finalmente decidiu continuar *Le Cafard* no mais puro estilo robbe-grilletiano: "O cais, que parecia mais distante pelo efeito da perspectiva, emitia de um e de outro lado de uma linha principal um feixe de paralelas que delimitavam, com precisão que a luz da manhã acentuava ainda mais, uma série de planos alongados, alternadamente horizontais e verticais: o anteparo do parapeito maciço...".

Não demorou muito, escrevendo assim, a ficar de novo totalmente paralisada. Voltou a refugiar-se no trabalho, e naqueles dias me conheceu, escritor também paralisado, ainda que por motivos diferentes dos seus.

O golpe de misericórdia lhe foi dado pela revista *Tel Quel*.

Viu nos textos dessa revista sua salvação, a possibilidade de voltar a escrever e, além do mais, fazê-lo da única maneira possível, da única maneira correta, "tentando", disse-me ela um dia, "concluir a desmontagem desapiedada da ficção".

Entretanto, logo deparou-se com um grave problema para escrever esse tipo de textos. Por mais que se armasse de paciência na hora de analisar a construção dos escritos de Sollers, Barthes, Kristeva, Pleynet e companhia, não conseguia entender inteiramente bem o que esses textos propunham. E o que era pior: quando às vezes entendia o que eles queriam dizer, ficava mais paralisada que nunca na hora de começar a escrever, porque, no fim das contas, o que ali se dizia era que não havia mais nada que escrever e que não havia sequer por onde começar a dizê-lo, a dizer que era impossível escrever.

— Por onde começar? — perguntou-me um dia María, sentada no terraço literário do Flore.

Entre espantado e perplexo, eu não soube o que dizer para animá-la.

— Só resta terminar — respondeu para si mesma em voz alta —, acabar para sempre com toda ideia de criatividade e de autoria dos textos. O golpe final lhe foi dado por um texto de Barthes, precisamente "Par Où Commencer"? Esse texto transtornou-a, causou-lhe um mal irreparável, definitivo. Um dia entregou-o a mim, e ainda o conservo.

"Existe", dizia Barthes entre outras maravilhas, "um mal-estar operacional, uma dificuldade simples, que é a que corresponde a todo princípio: *por onde começar?* Sob sua aparência prática e de encanto gestual, poderíamos dizer que essa dificuldade é a mesma que fundou a linguística moderna: sufocado no início pelo heteróclito da linguagem humana, Saussure, para pôr fim a essa opressão, que, em definitivo, é a do *começo impossível*, decidiu escolher um fio, uma pertinência (a do sentido), e dobrar o fio: assim se construiu um sistema da língua."

Incapaz de escolher esse fio, María, que era incapaz de compreender, entre outras coisas, qual era exatamente o sentido de "sufocado no início pelo heteróclito da linguagem" e, além disso, sendo incapaz, cada vez mais, de saber *por onde começar*, terminou emudecendo para sempre como escritora e lendo a *Tel Quel* desesperadamente, sem entendê-la. Uma verdadeira tragédia, porque uma mulher tão inteligente como ela não merecia isso.

Deixei de ver María Lima Mendes em 77, quando voltei para Barcelona. Somente há uns poucos anos voltei a ter notícias suas. O coração teve um sobressalto, provando-me que ainda continuava bastante apaixonado por ela. Um colega de trabalho daqueles anos em Paris a havia localizado em Montevidéu, onde María trabalhava para a France Presse. Deu-me seu telefone.

Telefonei-lhe, e quase a primeira coisa que perguntei foi se havia vencido o Mal e se finalmente conseguira dedicar-se a escrever.
— Não, querido — disse-me. — Aquele *começo impossível* me chegou à alma, o que se pode fazer...
Perguntei-lhe se não ficara sabendo que em 84 fora publicado um livro, *El espejo que vuelve*, que atribuía as origens do Nouveau Roman a uma impostura. Expliquei-lhe que essa desmitificação fora escrita por Robbe-Grillet e secundada por Roland Barthes. Contei-lhe que os devotos do Nouveau Roman haviam preferido ignorar, já que o autor do *exposé* era o mesmíssimo Robbe-Grillet. No livro, descrevia a facilidade com que ele e Barthes desacreditaram as noções de autor, narrativa e realidade, e se referia a toda aquela manobra como "as atividades terroristas daqueles anos".
— Não — disse María, com a mesma alegria de outrora e também com um laivo de tristeza. — Não fiquei sabendo. Talvez devesse agora inscrever-me em alguma associação de vítimas do terrorismo. Mas, em todo caso, isso já não muda nada. Além disso, é ótimo que tenham sido uns fraudadores, diz muito a seu favor, porque a fraude na arte me fascina. E para que nos enganarmos, Marcelo? Mesmo que quisesse, eu já não conseguiria escrever.
Talvez porque eu andasse planejando este caderno sobre os escritores do Não, na última vez em que falei com ela, deve fazer um ano, voltei a insistir — "agora que desapareceram as instruções técnicas e ideológicas do objetivismo e outras bobagens", disse-lhe com certo sarcasmo —, voltei a perguntar-lhe se não havia pensado em escrever por fim *Le Cafard* ou qualquer outro romance que reivindicasse a paixão pela trama.
— Não, querido — disse ela. — Continuo pensando o de sempre, continuo perguntando-me por onde começar, continuo paralisada.

— Mas, María...
— Nada de María. Agora me chamo Violet Desvarié. Não escreverei romance algum, mas ao menos tenho nome de romancista.

16

É como se ultimamente os escritores do Não resolvessem vir direto a meu encontro. Estava muito tranquilo esta noite vendo televisão quando na BTV deparei-me com uma reportagem sobre um poeta chamado Ferrer Lerín, homem de uns cinquenta e cinco anos que, ainda muito jovem, viveu em Barcelona, onde era amigo de Pere Gimferrer e Félix de Azúa, na época incipientes poetas. Escreveu naqueles anos uns poemas muito ousados e rebeldes — segundo testemunhavam na reportagem Azúa e Gimferrer —, mas no final dos anos 60 deixou tudo e foi viver em Jaca, Huesca, um povoado muito provinciano e com o inconveniente de ser quase uma praça militar. Aparentemente, se não tivesse saído tão cedo de Barcelona, teria sido incluído na antologia dos Nove Novíssimos de Castellet. Mas foi para Jaca, onde vive há trinta anos dedicado ao minucioso estudo dos abutres. É, portanto, um abutrólogo. Lembrou-me o autor austríaco Franz Blei, que se dedicou a catalogar em um bestiário seus contemporâneos literatos. Ferrer Lerín é um especialista em aves, estuda os abutres, talvez também os poetas de agora, abutres, em sua maioria. Ferrer Lerín estuda as aves que se alimentam de carne — poesia — morta. Seu destino me parece, no mínimo, tão fascinante quanto o de Rimbaud.

17

Hoje é 17 de julho, são duas da tarde, ouço música de Chet Baker, meu intérprete preferido. Há pouco, enquanto me barbeava, olhei-me no espelho e não me reconheci. A radical solidão desses últimos dias está me transformando em um ser diferente. De qualquer maneira, vivo com gosto minha anomalia, meu desvio, minha monstruosidade de indivíduo isolado. Encontro certo prazer em ser arisco, em ludibriar a vida, em brincar de adotar posturas de radical herói negativo da literatura (isto é, em brincar de ser como os protagonistas destas notas sem texto), em observar a vida e ver que a infeliz não tem vida própria.

Olhei-me no espelho e não me reconheci. Depois, dei para pensar naquilo que dizia Baudelaire, que o verdadeiro herói é o que se diverte sozinho. Voltei a olhar-me no espelho e detectei em mim certa semelhança com Watt, aquele solitário personagem de Samuel Beckett. Tal como Watt, eu poderia descrever-me da seguinte forma: detém-se um ônibus diante de três repugnantes anciãos que o observam sentados em um banco público. O ônibus arranca. "Olhe (diz um deles), deixaram um monte de trapos." "Não (diz o segundo), isso é uma lata de lixo caída." "Absolutamente (diz o terceiro), trata-se de um pacote de jornais velhos que alguém atirou aí." Nesse momento, o monte de escombros avança até eles e pede-lhes, com enorme grosseria, lugar no banco. É Watt.

Não sei se é bom que escreva transformado em um monte de escombros. Não sei. Sou todo dúvidas. Talvez devesse encerrar meu excessivo isolamento. Falar ao menos com Juan, telefonar para sua casa e pedir-lhe que volte a repetir para mim que depois de Musil não há nada. Sou todo dúvidas. A única coisa de que, subitamente, agora estou seguro é que devo mudar meu nome e passar a me chamar QuaseWatt. Ai, não sei se tem muita importância que diga isso ou outra coisa. Dizer é inventar. Seja falso ou verdadeiro. Não inventamos nada, acreditamos inventar quando na realidade nos limitamos a balbuciar a lição, os restos de alguns deveres escolares aprendidos e esquecidos, a vida sem lágrimas, tal como a choramos. À merda.

Sou meramente uma voz escrita, quase sem vida privada nem pública, sou uma voz que atira palavras que de fragmento em fragmento vão enunciando a longa história da sombra de Bartleby sobre as literaturas contemporâneas. Sou QuaseWatt, sou mero fluxo discursivo. Nunca despertei paixões, muito menos agora, que sou apenas uma voz. Sou QuaseWatt. Eu as deixo dizer, minhas palavras, que não são minhas, eu, essa palavra, essa palavra que elas dizem, mas que dizem em vão. Sou QuaseWatt e em minha vida só houve três coisas: a impossibilidade de escrever, a possibilidade de fazê-lo e a solidão, física, evidentemente, que é com a qual agora sigo adiante. Ouço de repente alguém me dizer:

— QuaseWatt, está me ouvindo?
— Quem está aí?
— Por que não esquece sua ruína e fala do caso de Joseph Joubert, por exemplo?

Olho e não há ninguém e digo ao fantasma que me coloco a suas ordens, digo isso e em seguida rio e acabo me divertindo a sós, como os verdadeiros heróis.

18

Joseph Joubert nasceu em Montignac em 1754 e morreu setenta anos depois. Nunca escreveu um livro. Preparou-se, apenas, para escrever um, procurando com afinco as condições apropriadas que lhe permitissem escrevê-lo. Depois esqueceu também esse propósito.

Joubert encontrou, precisamente nessa busca das condições apropriadas que lhe permitissem escrever seu livro, um lugar encantador para se perder e acabar não escrevendo livro algum. Quase lançou raízes em sua busca. Ocorre que, como disse Blanchot, justamente o que ele procurava, essa fonte da escrita, esse espaço em que pudesse escrever, essa luz que deveria circunscrever-se ao espaço, exigiu e reforçou disposições que o tornaram inepto para qualquer trabalho literário corrente ou que o desviaram dele.

Nisso Joubert foi um dos primeiros escritores totalmente modernos, preferindo o centro à esfera, sacrificando os resultados para, antes, descobrir suas condições, e escrevendo não para acrescentar um livro a outro, mas para apoderar-se do ponto de que pareciam sair todos os livros e que, uma vez alcançado, o deixaria livre de escrevê-los.

Contudo, não deixa de ser curioso que Joubert não tenha escrito livro algum, porque, desde muito cedo, foi um homem que só se atraía e se interessava pelo que se escrevia. Desde muito jovem havia lhe interessado bastante o mundo dos livros que seriam escritos. Em sua juventude esteve muito próximo de Diderot; um pouco mais tarde, de Restif de la Bretonne, ambos literatos fecundos. Na maturidade, quase todos os seus amigos eram escritores famosos com quem vivia imerso no mundo das letras e que, conhecendo seu imenso talento literário, incitavam-no a sair de seu silêncio.

Conta-se que Chateaubriand, que tinha grande ascendência sobre Joubert, um dia se aproximou dele e, meio que parafraseando Shakespeare, disse-lhe:

— Rogue a esse escritor prolífico que se esconde em você que deixe de tantos preconceitos. Você fará isso?

Na época, Joubert já se perdera na busca da fonte da qual saíam todos os livros e já estava certo de que, se encontrasse essa fonte, isso o eximiria justamente de escrever um livro.

— Ainda não posso escrevê-lo — respondeu a Chateaubriand —, ainda não encontrei a fonte que procuro. E o caso é que, se encontro essa fonte, terei mais motivos ainda para não escrever esse livro que você gostaria que eu escrevesse.

Enquanto procurava divertindo-se em perder-se, escrevia um diário secreto, de caráter totalmente íntimo, sem intenção alguma de publicá-lo. Os amigos se portaram mal com ele e, depois de sua morte, tomaram a liberdade, de gosto duvidoso, de publicar esse diário.

Já se disse que Joubert não escreveu esse livro tão esperado porque o diário lhe parecia suficiente. Mas tal afirmação me parece um disparate. Não acredito que o diário tenha enganado Joubert fazendo-o pensar que nadava na abundância. As páginas de seu diário lhe serviam simplesmente para expressar as múltiplas vicissitudes pelas quais passava em sua heroica busca da fonte da escrita.

Há momentos impagáveis em seu diário, como quando, já com quarenta e cinco anos, escreve: "Mas qual é efetivamente minha arte? Que fim persegue? Que pretendo e desejo exercendo-a? Será escrever e comprovar que me leem? Única ambição de tantos! É isso que quero? Isso é o que devo indagar sigilosa e longamente até saber".

Em sua sigilosa e longa busca agiu sempre com admirável lucidez, e em momento nenhum ignorou que, mesmo sendo autor sem livro e escritor sem escritos, mantinha-se na geografia da arte: "Aqui estou, fora das coisas civis e na pura região da arte".

Mais de uma vez contemplou a si mesmo ocupado com uma tarefa mais fundamental e que interessava mais essencialmente à arte do que uma obra: "A pessoa deve parecer-se com a arte sem se parecer com obra alguma".

Qual era essa tarefa essencial? Joubert não teria gostado que alguém dissesse saber em que consistia essa tarefa essencial. Na realidade, ele sabia estar procurando o que ignorava e que daí vinham a dificuldade de sua busca e a felicidade de suas descobertas de pensador perdido. Joubert escreveu em seu diário: "Mas como procurar ali onde se deve, quando se ignora até o que se procura? Isso ocorre sempre quando se compõe e se cria. Felizmente, perdendo-se assim, faz-se mais de uma descoberta, dão-se encontros felizes".

Joubert conheceu a felicidade da arte de perder-se, da qual foi possivelmente o fundador.

Quando Joubert diz que não sabe muito bem em que consiste o essencial de sua estranha tarefa de perdido, traz-me à lembrança o que aconteceu com Georg Lukács certa vez em que, rodeado por seus discípulos, o filósofo húngaro ouvia um elogio após o outro sobre sua obra. Aborrecido, Lukács comentou: "Sim, sim, mas agora percebo que não entendi o essencial". "E o que é o essencial?", perguntaram-lhe, surpresos. Ao que ele respondeu: "O problema é que eu não sei".

Joubert — que se perguntava como procurar ali onde se deve, quando se ignora até o que se procura — vai refletindo em seu diário as dificuldades para encontrar uma morada ou um espaço adequado para suas ideias: "Minhas ideias! Custa-me construir a casa onde alojá-las".

Talvez ele imaginasse esse espaço adequado como uma catedral que ocuparia o firmamento inteiro. Um livro impossível. Joubert prefigura os ideais de Mallarmé: "Seria tentador" — escreve Blanchot —, "e ao mesmo tempo glorioso para Joubert, imaginar nele uma primeira edição não transcrita desse *Coup de dés* do qual Valéry disse que 'elevou enfim uma página à potência do céu estrelado'".

Entre os sonhos de Joubert e a obra realizada um século

depois, existe o pressentimento de exigências relacionadas: em Joubert, como em Mallarmé, o desejo de substituir a leitura corrente, em que é necessário ir de uma parte à outra, pelo espetáculo de uma palavra simultânea, na qual tudo estaria dito ao mesmo tempo sem confusão, em um resplendor — para dizer com palavras de Joubert — "total, agradável, íntimo e, por fim, uniforme".

Por conseguinte, Joseph Joubert passou a vida procurando um livro que nunca escreveu, ainda que, se olharmos bem, ele o tenha escrito como que sem saber, *pensando* em escrevê-lo.

19

Acordei muito cedo; enquanto preparava meu café da manhã, fiquei pensando em todas as pessoas que não escrevem, e de repente me dei conta de que mais de 99% da humanidade prefere, no mais puro estilo Bartleby, não o fazer, prefere não escrever.

Deve ter sido essa arrasadora cifra que me deixou nervoso. Comecei a fazer gestos como os que às vezes fazia Kafka: estapear-se, esfregar as mãos, encolher a cabeça entre os ombros, jogar-se no chão, saltar, dispor-se a atirar ou a receber algo...

Ao pensar em Kafka, lembrei-me do Artista da Fome de uma narrativa sua. Esse artista negava-se a ingerir alimentos porque para ele era forçoso jejuar, não podia evitá-lo. Pensei naquele momento em que o inspetor lhe pergunta por que não pode evitá-lo, e o Artista da Fome, levantando a cabeça e falando na própria orelha do inspetor para que suas palavras não se perdessem, diz a este que jejuar sempre foi inevitável, pois nunca pôde encontrar comida que lhe agradasse.

E me veio à memória outro artista do Não, também saído de uma narrativa de Kafka. Pensei no Artista do Trapézio, aquele que evitava tocar o chão com os pés e passava dia e noite no trapézio sem descer, vivia nas alturas as vinte e quatro horas, do mesmo modo que Bartleby nunca saía do escritório, nem sequer aos domingos.

Quando deixei de pensar nesses evidentes exemplares de artistas do Não, vi que continuava um tanto nervoso e agitado. Disse para mim mesmo que talvez fosse conveniente arejar-me um pouco, não me contentar em cumprimentar a porteira, falar do tempo com o jornaleiro ou responder com um lacônico "não" no supermercado quando o caixa me pergunta se tenho cartão de cliente.

Ocorreu-me, vencendo como pudesse minha timidez, realizar uma pequena pesquisa entre as pessoas comuns, averiguar por que motivos não escrevem, tentar saber qual é o tio Celerino de cada uma delas.

Por volta do meio-dia, plantei-me na banca-livraria da esquina. Uma senhora estava olhando a contracapa de um livro de Rosa Montero. Aproximei-me dela e, após um breve preâmbulo com o qual procurei ganhar sua confiança, perguntei-lhe quase à queima-roupa:

— E a senhora, por que não escreve?

As mulheres, às vezes, são de uma lógica arrasadora. Olhou-me, surpresa com a pergunta, sorriu e me disse:

— O senhor está brincando comigo. E então, diga-me: por que eu deveria escrever?

O livreiro ouviu a conversa e, quando a mulher foi embora, disse-me:

— Tão cedo e já querendo paquerar?

Irritou-me seu olhar de macho cúmplice. Decidido a transformá-lo também em matéria de pesquisa, perguntei-lhe por que não escrevia.

— Prefiro vender livros — respondeu-me.

— Menos esforço, não é isso? — eu lhe disse, meio indignado.

— Eu gostaria, se quer que lhe diga a verdade, de escrever em chinês. Adoro somar, ganhar dinheiro.

Conseguiu desconcertar-me.

— Que quer dizer? — perguntei-lhe.

— Nada. Que, se tivesse nascido na China, não me importaria em escrever. Os chineses são muito vivos, escrevem letras de cima para baixo como se depois fossem somar o escrito.

Conseguiu irritar-me. Além disso, sua mulher, que estava ao lado, riu da piada do marido. Comprei deles um jornal a menos do que costumo comprar e perguntei a ela por que não escrevia.

Ficou pensativa, e por um momento tive esperança de que sua resposta fosse mais orientadora do que as obtidas até então. Finalmente me disse:

— Porque não sei.

— O que é que não sabe?

— Escrever.

Em vista do resultado, deixei a pesquisa para outro dia. Ao voltar para casa, encontrei em um jornal algumas surpreendentes declarações de Bernardo Atxaga, em que o escritor basco diz que está sem vontade de escrever: "Depois de vinte e cinco anos de estrada, como dizem os cantores, é cada vez mais difícil ter vontade de escrever".

Sendo assim, Atxaga tem os primeiros sintomas do mal de Bartleby. "Há pouco", comenta, "um amigo me dizia que hoje em dia para ser escritor é preciso ter mais força física que imaginação." São, a seu modo de ver, excessivas entrevistas, congressos, conferências e apresentações diante da imprensa. Questiona-se sobre até que ponto o escritor tem de estar na sociedade e nos meios de comunicação. "Antes", diz, "era inócuo, mas agora é fundamental. Percebo uma atmosfera de mudança no ambiente. Vejo que desaparece um tipo de autor, como Leopoldo María Panero, que antes podia ser situado em uma espécie de Salão dos Independentes.

Mudou, também, a forma de se dar publicidade à literatura. E a dos prêmios literários, que são uma zombaria e uma farsa."

Por isso tudo, Atxaga propõe-se escrever mais um livro e retirar-se. Um final que para o escritor não parece nada dramático. "Não tem por que ser triste, é apenas uma reação diante da mudança." E termina dizendo que voltará a chamar-se Joseba Irazu, que era seu nome quando decidiu se tornar conhecido com o pseudônimo de Bernardo Atxaga.

Adorei o gesto rebelde que contém seu anúncio de retirada. Lembrei-me de Albert Camus: "O que é um homem rebelde? Um homem que diz não".

Depois fiquei cismando sobre o caso da mudança de nome e me lembrei de Canetti, que dizia que o medo inventa nomes para distrair-se. Claudio Magris, comentando essa frase, afirma que isso explicaria por que, quando viajamos, lemos e anotamos nomes nas estações que deixamos para trás, simplesmente com a intenção de avançar um pouco aliviados, satisfeitos por essa ordem e ritmo do nada.

Enderby, personagem de Anthony Burgess, viaja anotando nomes de estações e acaba, de qualquer maneira, em uma clínica psiquiátrica, onde o curam mudando seu nome, porque, como diz o psiquiatra, "Enderby era o nome de uma adolescência prolongada".

Eu também invento nomes para distrair-me. Desde que me chamo QuaseWatt vivo mais tranquilo. Embora continue nervoso.

20

Inventei que Derain me escrevia. Como o autor de *Eclipses littéraires* não se digna responder a minha carta, decidi escrever uma a mim mesmo assinando Derain.

Querido amigo: Imagino que você está esperando que eu o abençoe por ter se apropriado de minha ideia de escrever sobre gente que renuncia à escritura. Não estou equivocado, não é mesmo? Pois bem, não se preocupe. Se você pretende que eu não proteste pelo evidente plágio de minha ideia, saiba que, quando publicar seu livro, agirei como se você tivesse habilmente comprado meu silêncio. É que me pareceu simpático, tanto que até vou presenteá-lo com um *bartleby* que lhe falta.

Inclua Marcel Duchamp em seu livro.

Como você, Duchamp tampouco tinha muitas ideias. Um dia, em Paris, o artista Naum Gabo perguntou-lhe diretamente por que havia deixado de pintar: "*O que você queria que eu fizesse?*", respondeu Duchamp abrindo os braços. "*Acabaram-se as minhas ideias.*"

Com o tempo daria outras explicações mais sofisticadas, mas provavelmente essa era a que mais se ajustava à verdade. Depois do *Grande vidro*, Duchamp tinha ficado sem ideias, de modo que, em vez de repetir-se, deixou de criar, sem mais.

A vida de Duchamp foi sua melhor obra de arte. Deixou muito cedo a pintura e iniciou uma ousada aventura na qual a arte era concebida, antes de mais nada, como uma *cosa mentale*, no espírito de Leonardo da Vinci. Sempre quis colocar a arte a serviço da mente e foi precisamente esse desejo — animado por seu particular uso da linguagem, do acaso, da ótica, dos filmes e, sobretudo, por seus célebres *ready-mades* — o que socavou sigilosamente quinhentos anos de arte ocidental até transformá-la por completo.

Duchamp abandonara a pintura havia mais de cinquenta anos porque preferia jogar xadrez. Não é maravilhoso?

Imagino que você esteja perfeitamente inteirado de quem foi Duchamp, mas permita-me agora que lhe recorde suas atividades como escritor, permita-me que lhe conte que Duchamp ajudou

Katherine Dreier a formar seu museu pessoal de arte moderna, a Société Anonyme, Inc., aconselhando-a sobre as obras de arte que devia colecionar. Quando, nos anos 40, fizeram-se planos para doar a coleção à Universidade de Yale, Duchamp escreveu trinta e três notas críticas e biográficas de uma página sobre artistas, de Archipenko a Jacques Villon.

Roger Shattuck escreveu que, se Marcel Duchamp tivesse decidido incluir uma nota sobre si mesmo, como um dos artistas de Dreier (algo que poderia ter feito tranquilamente), é quase certo que teria misturado com astúcia verdade e fabulação, como nas outras que fez. Roger Shattuck sugere que talvez tivesse escrito algo neste estilo:

Jogador de torneios de xadrez e artista bissexto, Marcel Duchamp nasceu na França em 1887 e morreu como cidadão dos Estados Unidos em 1968. Sentia-se em casa em ambos os mundos e dividia seu tempo entre eles. No Armory Show de Nova York, em 1913, seu *Nu descendo a escada* divertiu e ofendeu a imprensa, provocando um escândalo que o tornou famoso in absentia com a idade de vinte e seis anos e o atraiu para os Estados Unidos em 1915. Depois de quatro anos vivendo em Nova York, abandonou essa cidade e dedicou a maior parte de seu tempo ao xadrez até 1954. Alguns jovens artistas e diretores de museus de vários países redescobriram, então, Duchamp e sua obra. Ele havia regressado a Nova York em 1942, e durante sua última década aí, entre 1958 e 1968, voltou a ser famoso e influente.

Inclua Marcel Duchamp em seu livro sobre a sombra de Bartleby. Duchamp conhecia pessoalmente essa sombra, chegou a fabricá-la manualmente. Em um livro de entrevistas, Pierre Cabanne pergunta-lhe em determinado momento se ele se dedicava a alguma atividade artística naqueles vinte verões que passou em Cadaqués. Duchamp responde que sim, pois todo ano reconstruía um toldo que lhe servia para ficar à sombra em seu terraço. Duchamp sempre gostou de ficar à sombra. Admiro-o muito e, além disso, é um homem que dá sorte, inclua-o em seu trabalho sobre o Não. O que mais admiro nele é que foi um grande impostor.

Seu,
Derain

21

Aprendemos a respeitar os impostores. Em sua nota a um prefácio não escrito para As *flores do mal*, Baudelaire aconselhava ao artista que não revelasse seus segredos mais íntimos, e revelava, assim, o próprio: "Por acaso mostramos a um público às vezes aturdido, outras indiferente, o funcionamento de nossos artifícios? Explicamos todas essas revisões e variantes improvisadas, até o modo pelo qual nossos impulsos mais sinceros se mesclam a truques e ao charlatanismo indispensável para o amálgama da obra?".

Nessa passagem, o charlatanismo se transforma quase em sinônimo de "imaginação". O melhor romance que se escreveu sobre charlatanismo e que retrata um impostor — *O vigarista* (*The Confidence Man*, 1857) — é obra de Herman Melville, o grande pulmão, desde que criara Bartleby, do intrincado labirinto do Não.

Melville, em *The Confidence Man*, transmite clara admiração pelo ser humano que pode metamorfosear-se em múltiplas identidades. O estrangeiro no barco fluvial de Melville executa uma brincadeira maravilhosamente duchampiana sobre si mesmo (Duchamp era brincalhão e amante da pura fantasia verbal, entre outras coisas, justamente por não acreditar muito nas palavras, adorava, acima de tudo, Jarry, o fundador da Patafísica, e o grande Raymond Roussel), uma brincadeira que usa os passageiros e o leitor ao colar "um cartaz junto ao escritório do capitão oferecendo uma recompensa pela captura de um misterioso impostor, supostamente recém-chegado do Leste; um gênio original em sua vocação, poderíamos dizer, embora não estivesse claro em que consistia sua originalidade".

Ninguém captura o estranho impostor de Melville, assim como ninguém jamais conseguiu apanhar Duchamp, o homem que não confiava nas palavras: "As palavras não têm absolutamente nenhuma possibilidade de expressar nada. Quando começamos a verter nossos pensamentos em palavras e frases tudo fica à deriva". Ninguém nunca capturou o impostor de Duchamp, cuja fria façanha reside, para além de suas obras de arte e de não arte, em ter ganhado a aposta de que podia iludir o mundo da arte para que o honrasse com base em credenciais falsas. Há um grande mérito nisso. Duchamp decidiu fazer uma aposta consigo mesmo sobre a cultura artística e intelectual à qual pertencia. Esse grande artista do Não apostou que podia ganhar a partida sem fazer praticamente nada, apenas permanecendo sentado. E ganhou a aposta. Riu de todos esses impostores inferiores aos quais ultimamente estamos tão acostumados, de todos esses pequenos impostores que buscam sua recompensa não no riso e no jogo do Não, e sim no dinheiro, no sexo, no poder ou na fama convencional.

Com esse riso Duchamp subiu ao palco no final de sua vida para receber os aplausos de um público que admirava sua grande capacidade para, com a lei do mínimo esforço, iludir o mundo da arte. Subiu ao palco e o homem do *Nu descendo a escada* não teve de olhar os degraus. Por longo e cuidadoso cálculo, o grande impostor sabia exatamente onde estavam esses degraus. Havia planejado tudo como grande gênio do Não que foi.

22

Pensemos em dois escritores que vivem no mesmo país, mas que mal se conhecem. O primeiro tem a síndrome de Bartleby e renunciou a continuar publicando, já está há vinte e três anos sem fazê-lo. O segundo, sem que exista uma explicação razoável, vive como um constante pesadelo o fato de o outro não publicar.

É o caso de Miguel Torga e sua estranha relação com a síndrome de Bartleby do poeta Edmundo de Bettencourt, escritor nascido em Funchal, na ilha da Madeira, em 1899 — dia 7 de agosto de 1999 completaria cem anos —, estudante de direito em Coimbra, cidade em que alcançou grande renome como cantor de fados, o que sem dúvida obscureceu o prestígio que foi sendo lavrado desde que, ao deixar para trás uma etapa de ociosidade e boemia, começou a publicar singulares livros de poemas. Durante certo tempo não se cansou de dar à estampa seus inovadores e trágicos versos. Em 1940 apareceu seu melhor livro, *Poemas surdos*, que continha peças de alta poesia como "Noturno fundo", "Noite vazia" ou "Sepultura aérea". Foi a lamentável recepção desse livro que levou Bettencourt a uma longa etapa de silêncio que se prolongou por vinte e três anos.

Em 1960, a revista *Pirâmide*, de Lisboa, tentou resgatar o poeta de seu silêncio e tomou a liberdade de dedicar-lhe quase a revista inteira comentando seus poemas de outrora. Bettencourt permaneceu calado. Bartlebyano ao máximo, não quis nem escrever umas poucas linhas para esse número da revista dedicado a ele. *Pirâmide* explicou assim a resolução do poeta de continuar calado: "Deve-se esclarecer que o silêncio de Bettencourt não é nem uma capitulação nem uma divergência com a poesia portuguesa atual, mas uma peculiar forma de revolta que ele defende carinhosamente".

65

O ano de 1960 foi de maus tempos para a lírica portuguesa, na qual campeava à vontade — tal como acontecia também na Espanha, por causa da ditadura — uma estética poética de viés realista-socialista. Em 1963, as coisas não haviam mudado, mas Bettencourt aceitou que voltassem a publicar em livro seus poemas dos anos 30, seus poemas de outrora, os versos maltratados. Apesar do combativo prólogo de um jovem Helberto Helder, ou talvez graças a ele, os poemas voltaram a ser maltratados. Alheio a tudo isso, mas saindo de um longo túnel, Miguel Torga, do Porto, escreve a Bettencourt uma íntima carta em que lhe revela isto: "Não há poemas novos, mas há os antigos, o que por si só já me encheu de alegria. O fato de não publicar, sr. Bettencourt, chegou a se transformar, para mim, em um pesadelo".

Apesar da carta, Bettencourt morreu dez anos depois sem ter publicado mais nada. "Edmundo de Bettencourt", escreveu alguém no jornal *República*, "faleceu ontem em voz baixa. Há trinta e três anos o poeta optara por viver sem canto algum, como se tivesse ajustado a sua vida uma surdina."

Acabou-se com a morte, com o silêncio definitivo do poeta da Madeira, o pesadelo de Torga?

23

Estava entre bocejos olhando distraidamente um suplemento literário em catalão quando deparei com um artigo de Jordi Llovet que parece ter sido escrito com a intenção de ser incluído neste caderno.

Em seu artigo, uma resenha literária, Jordi chega a dizer que, por causa de sua absoluta falta de imaginação, já faz tempo que renunciou a ser um criador literário. Não é normal que numa resenha o crítico se dedique a confessar-nos que sofre da síndrome de Bartleby. Não, não me parece nada normal. Como se não bastasse, o artigo comenta um livro do ensaísta inglês William Hazlitt (1778-1830), que, a julgar pelo título de um de seus textos — "Basta de escrever ensaios" —, deve ter sido também, como Jordi Llovet, um fanático do Não.

"William Hazlitt", diz Llovet, "literalmente salvou-me a vida. Há alguns anos, tive de viajar de Nova York a Washington pela conhecida e quase sempre eficaz rede ferroviária Amtrak e, enquanto esperava a saída do trem, fiquei lendo, no saguão da estação, um volume de ensaios desse bom homem [...]. O capítulo 'Basta de escrever ensaios' fascinou-me tanto que perdi o trem. Esse trem descarrilou com muitos mortos à altura de Baltimore. Enfim... Por que eu lia com tanta atenção esse capítulo? Talvez já com a secreta intenção de fortalecer em mim a vaga vontade de nunca mais escrever crítica literária e dedicar-me ou a escrever literatura — utópica ambição num ser tão desprovido de imaginação como eu — ou, sem ir muito longe, a seguir carreira de professor, de leitor e, principalmente, de bibliófilo, que são as coisas que acabei fazendo na vida absolutamente irrelevante e simplicíssima que levo..."

Eu não sabia que nesse suplemento literário catalão fosse possível encontrar tais pérolas. Não é nada normal que um resenhista, em meio à crítica de um livro, fale-nos de si mesmo e comunique-nos à queima-roupa que renunciou à criação literária em virtude de sua escassa imaginação — necessita-se, com certeza, de imaginação para dizer isso — e, além do mais, consiga comover-nos ao contar que leva uma vida irrelevante e simplicíssima.

Enfim... É preciso reconhecer que a imaginação de dizer que não tem imaginação — esse tio Celerino particular de Jordi Llovet — é um sensato álibi para não escrever, muito bem arranjado, é todo um achado. Não como fazem outros que procuram tios Celerinos muito extravagantes para justificar sua militância no delicado exército dos escritores do Não.

24

Último domingo de julho, chuvoso. Lembra-me um domingo chuvoso que Kafka registrou em seus *Diários*: um domingo em que o escritor, por culpa de Goethe, sente-se invadido por uma total paralisia de escrita e passa o dia olhando fixamente para seus dedos, presa da síndrome de Bartleby.

"Assim passa meu domingo tranquilo", escreve Kafka, "assim passa meu domingo chuvoso. Estou sentado no quarto e disponho de silêncio, mas em vez de me decidir a escrever, atividade sobre a qual anteontem, por exemplo, gostaria de ter me debruçado por inteiro, fico agora longo tempo olhando fixamente meus dedos. Acho que nesta semana tenho estado totalmente influenciado por Goethe, acho que acabo de esgotar o vigor dessa influência e que por isso me tornei inútil."

Kafka escreve isso em um domingo chuvoso de janeiro de 1912. Duas páginas adiante, as que correspondem ao dia 4 de fevereiro, descobrimos que continua presa do Mal, da síndrome de Bartleby. Confirma-se plenamente que o tio Celerino de Kafka foi, ao menos durante um bom número de dias, Goethe: "O entusiasmo ininterrupto com que leio coisas sobre Goethe (conversas com Goethe, anos de estudante, horas com Goethe, uma temporada de Goethe em Frankfurt) me impede totalmente de escrever".

Se alguém tinha dúvidas, aí temos a prova de que Kafka teve a síndrome de Bartleby.

Kafka e Bartleby são dois seres bastante desassociáveis que há tempos tendo a associar. Não sou, evidentemente, o único que se sentiu tentado a fazê-lo. Sem ir muito longe, Gilles Deleuze, em "Bartleby ou a fórmula", afirma que o copista de Melville é o retrato vivo do Solteiro, assim com maiúscula, que aparece nos *Diários* de Kafka, esse Solteiro para quem "a felicidade é compreender que o chão sobre o qual se deteve não pode ser maior que a extensão coberta por seus pés", esse Solteiro que sabe resignar-se a um espaço cada vez mais reduzido para ele; esse Solteiro que, quando morrer, terá seu caixão com o exato tamanho de que necessita.

Seguindo essa linha, vêm-me à memória outras descrições kafkianas desse Solteiro que dão também a impressão de estar compondo o retrato vivo de Bartleby: "Anda por aí com o casaco bem abotoado, as mãos nos bolsos, que ficam altos para ele, os cotovelos salientes, o chapéu afundado até os olhos, um falso sorriso, já inato, que deve proteger sua boca, como o pincenê protege seus olhos; as calças são mais justas do que convém esteticamente a umas pernas finas. Mas todo o mundo sabe o que lhe acontece, podem-se enumerar todos os seus sofrimentos".

Do cruzamento entre o Solteiro de Kafka e o copista de Melville surge um ser híbrido que estou agora imaginando e ao qual vou chamar de Scapolo (solteiro, em italiano) e que guarda parentesco com aquele animal singular — "metade gatinho, metade cordeiro" — que Kafka recebeu de herança.

Sabe-se também o que acontece com Scapolo? Pois eu diria que um sopro de frieza emana de seu interior, em que se mostra com a metade mais triste de sua dupla face. Esse sopro de frieza vem-lhe de uma desordem inata e incurável da alma. É um sopro que o deixa à mercê de extrema pulsão negativa que o conduz sempre a pronunciar um sonoro NÃO, que ele parece ter ficado desenhando com maiúsculas no ar quieto de qualquer tarde chuvosa de domingo. É um sopro de frieza que faz com que, quanto mais esse Scapolo se afaste dos vivos (para quem trabalha às vezes como escravo e outras como escriturário), menor seja o espaço que os demais consideram suficiente para ele.

Esse Scapolo parece um bonachão suíço (no estilo do passeante Walser) e também o clássico homem sem qualidades (na esfera de Musil), mas já vimos que Walser era bonachão apenas na aparência, e que também das aparências do homem sem qualidades é preciso desconfiar. Na realidade, Scapolo assusta, pois passeia diretamente por uma zona terrível, por uma zona de sombras que é também o lugar em que habita a mais radical das negações e em que o sopro de frieza é, em síntese, um sopro de destruição.

Scapolo é um ser estranho para nós, metade Kafka e metade Bartleby, que vive na linha do horizonte de um mundo muito distante: um solteiro que às vezes diz que acha melhor não e em outras, com a voz trêmula de Heinrich von Kleist diante do túmulo de sua amada, diz algo tão terrível e ao mesmo tempo tão simples como isto:

— Não sou mais daqui.

Essa é a fórmula de Scapolo, toda uma alternativa à de Bartleby. Digo isso a mim mesmo enquanto ouço como a chuva bate na vidraça neste domingo.

— Não sou mais daqui — sussurra-me Scapolo.

Sorrio-lhe com certa ternura e me lembro do "sou verdadeiramente de além-túmulo" de Rimbaud. Olho para Scapolo e invento minha própria fórmula e, também sussurrando, digo-lhe: "Estou só, solteiro". E então não posso evitar ver a mim mesmo como um ser cômico. Porque é cômico tomar consciência da própria solidão dirigindo-se a alguém por meios que me impedem precisamente de estar só.

25

De um domingo chuvoso a outro. Transporto-me para um domingo do ano de 1804 em que Thomas De Quincey, então com dezenove anos, tomou ópio pela primeira vez. Muito tempo depois, ele recordaria assim esse dia: "Era um domingo à tarde, triste e chuvoso. Nesta terra em que habitamos não existe espetáculo mais lúgubre que uma chuvosa tarde de domingo em Londres".

Em De Quincey a síndrome de Bartleby manifestou-se em forma de ópio. Dos dezenove aos trinta e seis anos, De Quincey, por causa da droga, viu-se impedido de escrever, passava horas e horas deitado, alucinando. Antes de cair nos devaneios de seu mal de Bartleby, ele manifestara seu desejo de ser escritor, mas ninguém confiava em que chegasse a sê-lo algum dia, davam-no por desenganado, já que o ópio gera uma alegria surpreendente no ânimo de quem o ingere, mas aturde a mente, ainda que o faça com ideias e prazeres encantadores. É evidente que, achando-se aturdido e enfeitiçado, não se pode escrever.

Às vezes acontece de a literatura sair da droga. Foi o que ocorreu um belo dia com De Quincey, que viu como de repente se libertava de sua síndrome de Bartleby. Foi original, na época, a maneira de dominá-la, pois consistiu em escrever diretamente sobre ela. Onde antes só havia a fumaça do ópio surgiu o célebre opúsculo *Confissões de um comedor de ópio*, texto fundador da história das letras drogadas.

Acendo um cigarro e, por alguns momentos, rendo homenagem à fumaça do ópio. Vem-me à memória o sentido do humor de Cyril Connolly ao resumir a biografia do homem que dominou sua síndrome escrevendo sobre ela, mas sem poder evitar que, no fim das contas, a síndrome se rebelasse, matando-o: "Thomas De Quincey. Decadente ensaísta inglês que, aos setenta e cinco anos, faleceu em virtude daquilo sobre o que havia escrito, em virtude de ter ingerido ópio em sua juventude". A fumaça cega meus olhos. Sei que devo terminar, que cheguei ao fim desta nota de rodapé. Mas não vejo quase nada, não posso continuar escrevendo, a fumaça transformou-se perigosamente em minha síndrome de Bartleby. Tudo bem. Apaguei o cigarro. Já posso terminar, e o farei citando Juan Benet: "Quem precisa fumar para escrever tem de fazê-lo no estilo de Bogart, com a fumaça enroscada ao olho (o que determina um estilo grosseiro), ou tem de suportar que o cigarro fique quase todo no cinzeiro".

26

"A arte é uma estupidez", disse Jacques Vaché, e se matou. Escolheu a via rápida para converter-se em artista do silêncio. Neste livro não haverá muito espaço para *bartlebys* suicidas, não me interessam muito, pois penso que faltam na morte pelas próprias mãos os matizes, as sutis invenções de outros artistas — o jogo, afinal de contas, sempre mais imaginativo que o disparo na têmpora — quando lhes chega a hora de justificar seu silêncio.

Incluo Vaché neste caderno, e o faço como exceção, porque gosto de sua frase de que a arte é uma estupidez e porque foi ele quem me revelou que a opção de certos autores pelo silêncio não anula sua obra; ao contrário, outorga retroativamente um poder e uma autoridade adicionais àquilo que renegaram: o repúdio à obra transforma-se em uma nova fonte de validade, em um certificado de indiscutível seriedade. Essa seriedade me foi revelada por Vaché e consiste em não interpretar a arte como algo cuja seriedade se perpetua eternamente, como um *fim*, como um veículo permanente para a ambição. Como diz Susan Sontag:

"A atitude realmente séria é aquela que interpreta a arte como um *meio* para obter algo que talvez só se possa alcançar quando se abandona a arte".

Faço uma exceção, portanto, ao suicida Vaché, paradigma do artista sem obras; está em todas as enciclopédias tendo escrito tão somente umas poucas cartas a André Breton e nada mais.

E quero fazer outra exceção a um gênio das letras mexicanas, o suicida Carlos Díaz Dufoo (filho). Também para esse estranho escritor a arte é um caminho falso, uma imbecilidade. No epitáfio de seus estranhíssimos *Epigramas* — publicados em Paris em 1927 e supostamente escritos nessa cidade, embora pesquisas posteriores demonstrem que Carlos Díaz Dufoo (filho) jamais tenha saído do México —, deixou dito que suas ações foram obscuras e suas palavras insignificantes e pediu que o imitassem. Esse *bartleby* puro e duro é uma de minhas máximas fraquezas literárias e, apesar de ter se suicidado, tinha de aparecer neste caderno. "Foi um autêntico estranho entre nós", disse Christopher Domínguez Michael, crítico mexicano. É preciso ser muito estranho para se tornar estranho aos mexicanos, que são — ao menos é o que me parece — bem estranhos.

Concluo com um de seus epigramas, meu epigrama favorito de Dufoo (filho): "Em seu trágico desespero arrancava, brutalmente, os cabelos de sua peruca".

27

Vou fazer uma terceira exceção aos suicidas, vou fazê-la a Chamfort. Em uma revista literária, um artigo de Javier Cercas colocou-me na pista de um feroz partidário do Não: o sr. Chamfort, o mesmo que dizia que quase todos os homens são escravos porque não se atrevem a pronunciar a palavra "não".

Como homem de letras, Chamfort teve sorte desde o primeiro momento, conheceu o sucesso sem o menor esforço. Também o sucesso na vida. As mulheres o amaram, e suas primeiras obras, por mais medíocres que fossem, abriram-lhe os salões, ganhando até mesmo o fervor real (Luís XVI e Maria Antonieta choravam copiosamente ao término das representações de suas obras), ingressando muito jovem na Academia Francesa, gozando desde o primeiro instante de um prestígio social extraordinário. No entanto, Chamfort sentia infinito desprezo pelo mundo que o cercava e muito cedo se opôs, até as últimas consequências, às vantagens pessoais de que desfrutava. Era um moralista, mas não dos que estamos acostumados a suportar em nossos tempos, Chamfort não era um hipócrita, não dizia que todo o mundo era horroroso para salvar a si mesmo, e sim que também se desprezava quando se olhava no espelho: "O homem é um animal estúpido, julgando-se por mim".

Seu moralismo não era uma impostura, não buscava com isso o prestígio de homem correto. "Nosso herói", escreveu Camus sobre Chamfort, "irá ainda mais longe, porque a renúncia às próprias vantagens nada supõe e a destruição de seu corpo é pouca coisa (suicidou-se de forma selvagem), comparada à desintegração do próprio espírito. É isso, *em suma*, que determina a grandeza de Chamfort e a estranha beleza do romance que não escreveu, mas do qual nos deixou os elementos necessários para poder imaginá-lo."

Não escreveu esse romance — deixou *Maximes et pensées, caractères et anecdotes*, jamais romances —, e seus ideais, seu radical Não à sociedade de seu tempo, aproximaram-no de uma espécie de santidade desesperada. "Sua extremada e cruel atitude", diz Camus, "levou-o a essa derradeira negação que é o silêncio."

Em uma de suas *Máximas* nos deixou dito: "M., a quem se desejava fazer falar sobre diferentes assuntos públicos ou particulares, friamente respondeu: Todos os dias engrosso a lista das coisas sobre as quais não falo; o maior filósofo seria aquele cuja lista fosse a mais extensa".

É justamente isso que levará Chamfort a negar a obra de arte e essa força pura da linguagem que, em si mesma e desde muito tempo, tentava comunicar uma forma inigualável à sua rebeldia. Negar a arte levou-o a negações ainda mais extremas, incluindo essa "derradeira negação" da qual falava Camus, que, comentando por que Chamfort não escreveu um romance e, além disso, caiu em um prolongadíssimo silêncio, diz: "A arte é o contrário do silêncio, constituindo um dos signos dessa cumplicidade que nos liga aos homens em nossa luta comum. Para quem perdeu essa cumplicidade e se colocou *por inteiro nessa recusa*, nem a linguagem nem a arte conservam sua expressão. Essa é, sem dúvida, a razão pela qual esse romance de uma negação jamais foi escrito: porque, justamente, era o romance de uma negação. Pois os próprios princípios dessa arte deviam levá-la a negar-se".

Pelo visto, Camus, artista do Sim onde quer que este exista, teria ficado um tanto paralisado — ele, que tanto acreditava que a arte é o contrário do silêncio — por ter conhecido a obra, por exemplo, de Beckett e de outros consumados discípulos recentes de Bartleby.

Chamfort levou o Não tão longe que, no dia em que pensou que a Revolução Francesa — da qual havia sido inicialmente entusiasta — o condenara, desfechou um tiro que lhe arrebentou o nariz e vazou seu olho direito. Ainda com vida, voltou à carga, degolou-se com uma navalha e rasgou as próprias carnes. Banhado em sangue, deu uma estocada em seu peito com a arma e, por fim, depois de abrir o jarrete e os pulsos, desmoronou em meio a um autêntico lago de sangue.

No entanto, como já foi dito, tudo isso não foi nada, comparado à selvagem desintegração de seu espírito.

"Por que não publicais?", teria perguntado a si mesmo, alguns meses antes, em um breve texto, *Produits de la civilisation perfectionnée*.

Entre suas numerosas respostas, selecionei estas:

— Porque me parece que o público tem um mau gosto insuperável e sede de difamação.

— Porque se é instado a trabalhar pela mesma razão que, quando assomamos à janela, desejamos ver passar pelas ruas os macacos e os domadores de ursos.

— Porque tenho medo de morrer sem ter vivido.

— Porque quanto mais se desvanece meu prestígio literário mais feliz me sinto.

— Porque não desejo fazer como as pessoas de letras, que se assemelham aos asnos se escoiceando e brigando ante sua manjedoura vazia.

— Porque o público só se interessa pelos sucessos que não aprecia.

28

Certa vez passei todo o verão com a ideia de que eu havia sido cavalo. Com a noite essa ideia se tornava obsessiva, caindo sobre mim como sobre o telhado de minha casa. Foi terrível. Mal deitava meu corpo de homem, já começava a funcionar minha lembrança de cavalo.

Naturalmente, não contei isso a ninguém. Não que tivesse alguém para quem contar, quase nunca tive ninguém. Nesse verão Juan estava no exterior, talvez a ele eu tivesse contado. Lembro que passei esse verão perseguindo três mulheres, mas nenhuma delas me dava a mínima, não me concediam nem um minuto para contar-lhes algo tão íntimo e assustador como a história de meu passado, às vezes nem me olhavam. Acho que minha corcunda as fazia suspeitar que eu havia sido cavalo. Hoje Juan me telefonou e resolvi contar-lhe a história desse verão em que eu tinha lembranças de cavalo.

— Em você nada mais me surpreende — comentou.

Não gostei do comentário e lamentei ter atendido o telefone quando Juan começou a deixar sua mensagem na secretária eletrônica. Como passo dias recebendo suas mensagens — e também algumas de outras pessoas, às quais tampouco respondo; só atendo, e o faço com voz trêmula e deprimida, quando o pessoal do escritório se interessa por minha saúde mental —, achei melhor atender e dizer a Juan que me deixasse em paz, que estava cansado de vê-lo há tantos anos compadecendo-se de minha corcunda e de minha solidão, que respeitasse esses meus dias de isolamento mais radical que nunca, que precisava deles para escrever minhas notas sem texto. Mas em vez disso contei-lhe o caso de meu verão com lembranças de cavalo.

Disse-me que nada mais em mim o surpreendia, e em seguida comentou que minha história desse verão estranho lembrou-lhe o começo de um conto de Felisberto Hernández.

— Que conto? — perguntei-lhe, um tanto ressentido por meu original verão de outrora não poder ser uma história exclusivamente minha.

— "La mujer parecida a mí" — respondeu-me. — Pensando nisso, Felisberto Hernández tem relação com o que mantém você tão entretido. Nunca renunciou a escrever, não é um escritor do Não, mas suas narrativas são. Deixava todos os contos que escrevia sem terminar, gostava de recusar-se a escrever desenlaces. Por isso a antologia de seus relatos se chama *Narraciones incom-*

pletas. Deixava-as todas suspensas no ar. Dentre todos os seus contos o mais maravilhoso é "Nadie encendía las lámparas".

— Eu pensava — disse-lhe — que depois de Musil não houvesse mais ninguém que lhe interessasse.

— Musil e Felisberto — disse-me em tom convincente, muito seguro de si. — Está me ouvindo? Musil e Felisberto. Depois deles ninguém mais acende as lâmpadas.

Quando me livrei de Juan — no momento em que começou a dizer-me que fosse com cuidado, para que não descubrissem no escritório que os estava enganando com minha depressão e acabassem despedindo-me —, comecei a reler os contos de Felisberto. Sem dúvida foi um escritor genial, empenhava-se em frustrar as expectativas com que as ficções nos gratificam. Bergson definia o humor como uma espera decepcionada. Essa definição, que pode ser aplicada à literatura, cumpre-se com rara minúcia nos relatos de Felisberto Hernández, escritor e ao mesmo tempo pianista de salões elegantes e de cassinos infectos, autor de um espaço fantasmal de ficções, escritor de contos que não finalizava (como indicando que nesta vida falta algo), criador de vozes estranguladas, inventor da ausência.

Muitos de seus finais incompletos são inesquecíveis. Como o de "Nadie encendía las lámparas", em que nos diz que ele ia "entre os últimos, tropeçando nos móveis". Um final inesquecível. Às vezes brinco pensando que ninguém em minha casa acende as lâmpadas. A partir de hoje, depois de ter recuperado a memória do conto incompleto de Felisberto, brincarei também de ser o último a sair tropeçando nos móveis. Gosto de minhas festas de homem só. São como a própria vida, como qualquer conto de Felisberto: uma festa incompleta, mas uma festa de verdade.

29

Ia escrever sobre o dia em que vi Salinger em Nova York, quando minha atenção foi desviada pelo pesadelo que tive ontem e que derivou para um curioso lado cômico.
No escritório, descobriam minha mentira e me demitiam. Grande drama, suores frios, pesadelo insuportável até que aparecia o lado cômico da tragédia de minha demissão. Decidia que não ia dedicar mais de uma única linha a meu drama, não merecia mais espaço em meu diário. Contendo o riso, escrevia isto: "Não penso em me ocupar do imbecil assunto da perda de meu emprego, vou fazer como o cardeal Roncalli, que, na tarde em que o nomearam chefe da Igreja católica, limitou-se a anotar secamente em seu diário: 'Hoje me fizeram papa'. Ou farei como Luís XVI, homem não especialmente perspicaz, que no dia da tomada da Bastilha anotou em seu diário: '*Rien*'".

30

Achava que finalmente poderia escrever sobre Salinger quando, de repente, olhando distraidamente o jornal aberto nas páginas de cultura, deparei-me com a notícia da recente homenagem a Pepín Bello em Huesca, sua cidade natal.
Foi como se Pepín Bello me houvesse visitado.
Acompanhando a notícia, um texto de Ignacio Vidal-Folch e uma entrevista de Antón Castro com o escritor do Não (espanhol) por excelência.
Vidal-Folch escreve: "Ter uma mentalidade artística e negar-se a dar-lhe via livre conduz a dois caminhos: um, o sentimento de frustração [...], outro, muito menos extenso, professa-

do por alguns espíritos orientais, e que requer certo refinamento da alma, é o que dirige os passos de Pepín Bello: renunciar sem lamentações à manifestação dos próprios dons pode ser uma virtude espiritualmente aristocrática, e quando alguém se submete a ela sem sequer se amparar no desprezo aos semelhantes, no tédio da vida ou na indiferença pela arte, então já tem algo de divino [...]. Imagino Lorca, Buñuel e Dalí comentando que era uma lástima que Pepín, com tanto talento, não trabalhasse. Bello não lhes deu atenção. Decepcioná-los com isso me parece uma obra de arte mais considerável que, por exemplo, os divertidos e engenhosos desenhos de *putrefatos* dalinianos em cuja origem está Bello".

Levantei-me do sofá para pôr como fundo a música de Tony Fruscella, outro de meus artistas favoritos. Em seguida, voltei ao sofá movido pela curiosidade de saber o que dizia Pepín Bello na entrevista.

Há alguns dias, sentado no sofá, apareceu-me Ferrer Lerín, o poeta que estuda abutres. Hoje quem fez isso foi Pepín Bello. Acho que esse é o lugar ideal de minha casa para os fantasmas da extrema negatividade, o lugar ideal para que se comuniquem comigo.

"José Bello Lasierra", começa dizendo Antón Castro, "é um sujeito inverossímil. Nenhum ficcionista poderia ter imaginado um homem assim: com essa pele brilhante de fraldelim de pérolas, quebrada por um bigodinho de neve."

Fiquei pensando no quanto gosto de tipos inverossímeis, depois me perguntei que diabos podia ser um fraldelim, e o dicionário resolveu-me o enigma: "saiote que usam as aldeãs".

Melhor dizendo: não resolveu em nada o enigma, complicou-o muito mais. E acabei viajando tão longe com a anágua que fiquei muito receptivo, imensamente aberto a tudo, a ponto de receber, na fronteira da razão com o sonho, a visita do inverossímil Pepín Bello.

Ao vê-lo, do sofá, só me ocorreu fazer-lhe uma pergunta, uma pergunta muito simples, pois sei que ele é singelo, tão singelo — disse-me — como uma merenda.

— Nunca vi — disse-me — uma mulher tão bela como Ava Gardner. Certa vez estivemos juntos por um bom tempo, sentados em um sofá debaixo de um lustre. Eu a olhava fixamente: "Que você olha tanto?", perguntou-me. "Que vou olhar? Você, minha filha, você." Era inacreditável. Lembro que nesse momento eu estava olhando o branco de seus olhos e ele me parecia o daquelas bonecas de porcelana que havia antigamente, de um branco azulado na córnea. Ela ria. E eu lhe dizia: "Não, não ria. Que você é um monstro".

Quando se calou, quis fazer-lhe a pergunta simples já pensada, mas vi que, por mais simples que esta fosse, eu a havia esquecido por completo. Ninguém acendia as lâmpadas. De repente, ele começou a sair, perdeu-se no fundo do corredor, tropeçando nos móveis, gritando como se fosse um vendedor ambulante de jornais:

— Últimas notícias! Últimas notícias! Sou o Pepín Bello dos manuais e dos dicionários!

31

Vi Salinger em um ônibus da Quinta Avenida em Nova York. Eu o vi, estou certo de que era ele. Aconteceu há três anos quando, como agora, simulei uma depressão e consegui que me dessem, por um bom período de tempo, licença no trabalho. Tomei a liberdade de passar um fim de semana em Nova York. Não fiquei mais alguns dias porque obviamente não me convinha correr o risco de que telefonassem do escritório e eu não fosse encontrado em casa. Estive apenas dois dias e meio em

Nova York, mas não se pode dizer que eu não aproveitei o tempo. Porque vi ninguém menos do que Salinger. Era ele, tenho certeza. Era o vivo retrato do ancião que, arrastando um carrinho de compras, haviam fotografado, fazia pouco tempo, à saída de um hipermercado de New Hampshire. Jerome David Salinger. Ali estava no fundo do ônibus. Piscava de vez em quando. Se não fosse por isso, ter-me-ia parecido mais uma estátua que um homem. Era ele. Jerome David Salinger, um nome imprescindível em qualquer aproximação à história da arte do Não.

Autor de quatro livros tão deslumbrantes quanto famosíssimos — O apanhador no campo de centeio (1951), Nove estórias (1953), Franny e Zooey (1961) e Carpinteiros, levantem bem alto a cumeeira/ Seymour: uma introdução (1963) —, nada mais publicou até o dia de hoje, isto é, são trinta e seis anos de rigoroso silêncio, que veio acompanhado, além do mais, de uma lendária obsessão por preservar sua vida íntima.

Vi-o nesse ônibus da Quinta Avenida. Vi-o por acaso, na verdade o vi porque comecei a prestar atenção em uma garota sentada a seu lado, que estava com a boca aberta de modo muito curioso. A garota estava lendo um anúncio de cosméticos num painel interno do ônibus. Pelo visto, quando a garota lia sua mandíbula se afrouxava ligeiramente. No breve instante em que a boca da garota ficou aberta e os lábios estiveram separados, ela — para dizer com uma expressão de Salinger — foi para mim o caso mais fatal de toda Manhattan.

Apaixonei-me. Eu, um pobre espanhol velho e corcunda, com nulas esperanças de ser correspondido, apaixonei-me. Embora velho e corcunda, agi sem complexo, agi como qualquer homem repentinamente apaixonado, quero dizer que a primeira coisa que fiz foi ver se algum homem a acompanhava. Foi quando vi Salinger e fiquei petrificado: duas emoções em menos de cinco segundos.

De repente, fiquei dividido entre o encantamento súbito que acabava de sentir por uma desconhecida e a descoberta — ao alcance de muito poucos — de que estava viajando com Salinger. Fiquei dividido entre as mulheres e a literatura, entre o amor repentino e a possibilidade de falar com Salinger e, com astúcia, averiguar, em um furo mundial, por que ele havia deixado de publicar livros e por que se escondia do mundo.

Tinha de escolher entre a garota e Salinger. Visto que ele e ela não se falavam e, portanto, não pareciam conhecer-se, percebi que não tinha muito tempo para escolher entre um e outro. Devia agir com rapidez. Decidi que o amor tem de estar sempre à frente da literatura, e então planejei aproximar-me da garota, inclinar-me diante dela e dizer-lhe com toda a sinceridade:

— Desculpe, gosto muito de você e acho que sua boca é a coisa mais maravilhosa que vi em minha vida. E também acho que, mesmo desse meu jeito, corcunda e velho, eu poderia, apesar de tudo, fazê-la muito feliz. Meu Deus, como a amo. Vai fazer alguma coisa esta noite?

Veio-me à memória de repente um conto de Salinger, "The Heart of a Broken Story", no qual alguém em um ônibus planejava, ao ver a garota de seus sonhos, uma pergunta quase calcada naquela que eu havia em segredo formulado. Lembrei-me do nome da garota do conto de Salinger: Shirley Lester. E decidi que provisoriamente chamaria assim minha garota: Shirley.

Disse a mim mesmo que ter visto Salinger naquele ônibus sem dúvida me havia influenciado a ponto de ter me ocorrido perguntar àquela garota a mesma coisa que um garoto queria perguntar à garota de seus sonhos em um conto de Salinger. Que rolo, pensei, tudo isso lhe acontece por ter se apaixonado por Shirley, mas também por tê-la visto ao lado do escorregadio Salinger.

Percebi que aproximar-me de Shirley e dizer-lhe que a amava muito e que estava maluco por ela era absoluta bobagem. Mas o pior foi o que me aconteceu depois. Por sorte, não me decidi a colocá-la em prática. Tive a ideia de aproximar-me de Salinger e dizer-lhe:

— Meu Deus, como o amo, Salinger. Poderia dizer-me por que faz tantos anos que não publica nada? Existe um motivo essencial pelo qual se deva deixar de escrever?

Por sorte, não me aproximei de Salinger para perguntar-lhe tal coisa. É verdade que também me ocorreu algo quase pior. Pensei em me aproximar de Shirley e dizer-lhe:

— Por favor, não me interprete mal, senhorita. Meu cartão. Moro em Barcelona e tenho um bom emprego, embora no momento esteja de licença, o que me possibilitou viajar para Nova York. Você me permite que lhe telefone esta tarde ou em um futuro muito próximo, esta noite mesmo, por exemplo? Espero que não soe desesperado demais. Na verdade suponho que estou.

Em resumo, tampouco ousei aproximar-me de Shirley para dizer-lhe uma coisa dessas. Ela teria me mandado plantar batatas, algo difícil de fazer, pois como plantar batatas na Quinta Avenida de Nova York?

Pensei então em utilizar um velho truque, ir até onde estava Shirley e com meu inglês quase perfeito dizer-lhe:

— Desculpe, mas você não é Wilma Pritchard?

Ao que ela teria respondido friamente:

— Não.

— Engraçado — poderia eu ter continuado —, estava disposto a jurar que você era Wilma Pritchard. Ah! Você por acaso não seria de Seattle?

— Não.
Por sorte, também percebi a tempo que por essa via tampouco teria ido muito longe. As mulheres sabem de cor o truque de se aproximar delas como se estivessem sendo confundidas com outras. O "Com certeza, senhorita, onde nos vimos antes?" elas sabem de cor e só quando alguém lhes agrada simulam cair na armadilha. Eu, naquele dia, naquele ônibus da Quinta Avenida, tinha poucas possibilidades de agradar a Shirley, pois estava muito corcunda e suado, meu cabelo tinha ficado empastado, colado à pele e antecipando minha incipiente calvície. Estava com a camisa manchada por uma gota horrível de café. Não me sentia nada seguro de mim mesmo. Por um momento pensei que era mais fácil agradar a Salinger do que a Shirley. Decidi aproximar-me dele e perguntar-lhe:

— Sr. Salinger, sou seu admirador, mas não vim perguntar-lhe por que não publica há mais de trinta anos, o que eu gostaria de saber é sua opinião sobre aquele dia em que lorde Chandos percebeu que o inabarcável conjunto cósmico do qual fazemos parte não podia ser descrito com palavras. Gostaria que me dissesse se lhe ocorreu a mesma coisa e por isso deixou de escrever.

Em suma, tampouco me aproximei para perguntar-lhe tudo isso. Ele teria me mandado plantar batatas na Quinta Avenida. Por outro lado, pedir-lhe um autógrafo também não era uma ideia brilhante.

— Sr. Salinger, faria a gentileza de colocar sua lendária assinatura neste papelzinho? Meu Deus, como o admiro.

— Eu não sou Salinger — teria respondido. Não à toa, já fazia mais de trinta anos que vinha preservando ferreamente sua intimidade. E tem mais, eu teria vivido uma situação de absoluto vexame. É claro que então eu poderia ter aproveitado tudo aquilo para dirigir-me a Shirley e pedir que ela me desse o autógrafo. Talvez ela tivesse sorrido e dado uma oportunidade para iniciarmos uma conversa.

— Na verdade pedi seu autógrafo, senhorita, porque a amo. Estou muito sozinho em Nova York e só me ocorrem bobagens para tentar conectar-me com algum ser humano. Mas é totalmente verdade que a amo. Foi amor à primeira vista. Você já sabe que está viajando ao lado do escritor mais escondido do mundo? Meu cartão. O escritor mais escondido do mundo sou eu, mas também o é o senhor que está sentado a seu lado, o mesmo que acaba de negar-me um autógrafo.

Já estava desesperado e cada vez mais encharcado de suor naquele ônibus da Quinta Avenida quando de repente vi que Salinger e Shirley se conheciam. Ele lhe deu um breve beijo na face ao mesmo tempo que lhe indicava que deviam descer no ponto seguinte. Os dois se levantaram em uníssono, falando tranquilamente entre si. Com certeza Shirley era amante de Salinger. A vida é horrorosa, disse a mim mesmo. Imediatamente, porém, pensei que aquilo já não mudava nada e que era melhor não perder tempo procurando adjetivos para a vida. Ao ver que se aproximavam da porta de saída, também me aproximei dela. Não gosto de me divertir com as contrariedades, sempre tento tirar algum proveito dos contratempos. Disse a mim mesmo que, na falta de novos romances ou contos de Salinger, o que eu o ouvisse dizer naquele ônibus podia ser lido como uma nova concessão literária do escritor. Como eu disse, sei tirar proveito dos contratempos. E penso que os futuros leitores destas notas sem texto me agradecerão por isso, pois quero imaginá-los encantados no momento de descobrir que as páginas de meu caderno contêm nada menos do que um breve inédito de Salinger, as palavras que o ouvi dizer naquele dia.

Cheguei à porta de saída do ônibus pouco depois de o casal

ter descido. Desci, agucei o ouvido, e o fiz um tanto emocionado, estava prestes a ter acesso a material inédito de um escritor mítico.

— A chave — ouvi Salinger dizer. — Já é hora de eu ficar com ela. Dê para mim.

— O quê? — disse Shirley.

— A chave — repetiu Salinger. — Já é hora de eu ficar com ela. Dê para mim.

— Meu Deus — disse Shirley. — Não tive coragem de lhe contar... Eu a perdi.

Detiveram-se junto à lixeira. Parando a um metro e meio deles, fiz de conta que procurava um maço de cigarros em um dos bolsos da jaqueta.

De repente, Salinger abriu os braços, e Shirley, soluçando, foi em sua direção.

— Não se preocupe — disse ele. — Pelo amor de Deus, não se preocupe.

Permaneceram ali imóveis, e eu tive de continuar andando, não podia ficar por mais tempo tão quieto a seu lado e denunciar que os espiava. Dei alguns passos e brinquei com a ideia de que estava cruzando uma fronteira, algo assim como uma linha ambígua e quase invisível na qual se esconderiam os finais dos contos inéditos. Em seguida virei a cabeça para ver como continuava tudo aquilo. Haviam se apoiado na lixeira e estavam mais abraçados do que antes, os dois agora chorando. Pareceu-me que, entre soluços, Salinger não fazia outra coisa que repetir aquilo que eu o ouvira dizer antes:

— Não se preocupe. Pelo amor de Deus, não se preocupe.

Continuei meu caminho, afastei-me. O problema de Salinger era certa tendência a se repetir.

32

No dia de Natal de 1936, Jorge Luis Borges publica um artigo na revista *El Hogar*, que intitula assim: "Enrique Banchs completou este ano suas bodas de prata com o silêncio".

Em seu artigo, Borges começa dizendo que a função poética — "esse veemente e solitário exercício de combinar palavras que alarmem de aventura quem as ouça" — padece de misteriosas interrupções, lúgubres e arbitrários eclipses.

Borges fala do caso muito comum do poeta que, às vezes hábil, é outras vezes quase constrangedoramente incapaz. Mas há outro caso mais estranho, escreve Borges, outro caso mais admirável: o daquele homem que, de posse ilimitada de sua mestria, desdenha seu exercício e prefere a inação, o silêncio. E cita Rimbaud, que aos dezessete anos compõe *Le Bateau ivre* e para quem aos dezenove anos a literatura era tão indiferente quanto a glória, e enreda-se em arriscadas aventuras na Alemanha, em Chipre, em Java, em Sumatra, na Abissínia e no Sudão, pois os prazeres peculiares da sintaxe foram nele anulados por aqueles que a política e o comércio proporcionam.

Borges nos fala de Rimbaud como introdução ao caso que lhe interessa, o do poeta argentino Enrique Banchs, de quem nos diz: "Na cidade de Buenos Aires, no ano de 1911, Enrique Banchs publica *La urna*, o melhor de seus livros, e um dos melhores da literatura argentina; depois, misteriosamente, emudece. Faz vinte e cinco anos que emudeceu".

O que Borges não sabia nesse dia de Natal de 1936 era que o silêncio de Banchs ia durar cinquenta e sete anos, ia ultrapassar com folga as bodas de ouro de seu silêncio.

La urna, diz Borges, "é um livro contemporâneo, um livro novo. Um livro eterno, melhor dizendo, se ousarmos pronunciar essa portentosa ou oca palavra. Suas duas virtudes são a limpidez e o tremor, não a invenção escandalosa nem a experimentação carregada de porvir. [...] *La urna* careceu do prestígio guerreiro das polêmicas. Enrique Banchs foi comparado a Virgílio. Nada mais agradável para um poeta; nada, também, menos estimulante para seu público. [...] Talvez um soneto de Banchs nos dê a chave de seu inverossímil silêncio: aquele em que se refere a sua alma, *que, aluna secular, prefere ruínas/ próceres à de hoje minguada palma* [...]. Talvez, como Georges Maurice de Guérin, a carreira literária pareça-lhe irreal, *essencialmente e nos afagos que se lhe pedem.* Talvez não queira fatigar o tempo com seu nome e sua fama...".

Em suma, Borges propõe uma última solução ao leitor que queira resolver o enigma do silêncio de Enrique Banchs: "Talvez sua própria destreza o faça desdenhar a literatura como um jogo demasiado fácil".

33

Outro feiticeiro feliz que também renunciou ao exercício de sua magia foi o barão de Teive, o heterônimo menos conhecido de Fernando Pessoa, o heterônimo suicida. Ou, melhor dizendo, o semi-heterônimo, porque, do mesmo modo que Bernardo Soares, pode-se aplicar a ele aquela expressão de "não sendo sua personalidade a minha, não é diferente da minha, mas uma simples mutilação dela".

Acabei pensando no barão nesta manhã, pensei nele depois do dificílimo despertar. Foi um amanhecer de angústia terrível e desmedida. Acordei sentindo que a angústia abria passagem entre meus ossos e remontava pelas veias até abrir minha pele. Esse despertar foi um horror. Para afugentá-lo o quanto antes de minha mente, fui procurar o *Livro do desassossego*, de Fernando Pessoa. Pareceu-me que, por mais difícil que fosse o fragmento que encontrasse ao acaso abrindo o angustiante diário de Pessoa, sempre seria inferior em dificuldade — com certeza — ao horror com o qual acordei. Para mim sempre tem funcionado bem esse sistema de viajar pela angústia de outros para reduzir a intensidade da minha.

Acabei deparando-me com um fragmento que fala do sonho e que parece escrito, como muitos dele, sob os efeitos da aguardente: "Nunca durmo. Vivo e sonho, ou melhor, sonho em vida e sonho ao dormir, que também é vida...".

De Pessoa passei a pensar — suponho que é a última exceção que faço neste caderno aos *bartlebys* suicidas — no barão de Teive. Fui procurar *A educação do estoico*, único manuscrito deixado por esse semi-heterônimo de Pessoa. O livro traz um subtítulo que denuncia claramente a condição de escritor do Não de seu aristocrático autor: *Da impossibilidade de fazer uma arte superior*.

No prólogo de seu breve e único livro escreve o barão de Teive: "Sinto próximo, porque eu mesmo o quero próximo, o final de minha vida [...]. Matar-me, vou matar-me. Mas quero deixar ao menos uma memória intelectual de minha vida [...]. Será este meu único manuscrito [...]. Sinto que a lucidez de minha alma me dá força para as palavras, não para realizar a obra que nunca poderia levar a cabo, mas sim, ao menos, para dizer com simplicidade por que motivos não a realizei".

A educação do estoico é um livro estranho e bastante comovente. Em suas poucas páginas, o barão, homem muito tímido e infeliz com as mulheres — como eu, aliás —, expõe-nos sua visão de mundo e fala dos livros que teria escrito não fosse o fato de ter preferido não escrevê-los.

O motivo pelo qual não se incomodou em escrevê-los encontra-se no subtítulo e em frases como esta (que, certamente, lembra a síndrome de Bartleby de Joubert): "A dignidade da inteligência reside em reconhecer que é limitada e que o universo se encontra fora dela".

Então, pelo fato de que não se pode fazer uma arte superior, o barão prefere mudar-se, com toda a dignidade do mundo, para o país dos feiticeiros infelizes que renunciam à enganosa magia de quatro palavras bem colocadas em quatro livros brilhantes, mas no fundo impotentes em seu intento de alcançar uma arte superior que consiga fundir-se com o universo inteiro.

Se acrescentarmos a essa aspiração universal inatingível aquilo que Oscar Wilde dizia sobre o público ter uma curiosidade insaciável de conhecer tudo, exceto aquilo que vale a pena, chegaremos à conclusão de que o barão fez muito bem em ser consequente com sua lucidez, fez muito bem em escrever sobre a impossibilidade de fazer uma arte superior e até, talvez — dadas as circunstâncias que envolvem seu caso —, tenha feito bem em se matar. Pois que outra coisa podia fazer alguém como o barão, que julgava, por exemplo, os sábios gregos indignos de admiração, pois desde sempre lhe haviam causado uma impressão rançosa, "gente simplória, apenas"?

Que mais podia fazer esse barão tão terrivelmente lúcido? Fez muito bem em mandar sua vida passear e também, por ser inatingível, mandar passear a arte superior: mandou passear sua vida e a arte superior de forma parecida com a de Álvaro de Campos, hábil em dizer que no mundo não havia outra metafísica que as barras de chocolate e hábil em pegar o papel laminado que as envolvia e atirá-lo ao chão, como antes — dizia — havia atirado ao chão a própria vida.

Portanto, o barão se matou. E para isso contribuiu, quase como uma estocada final, a descoberta de que até Leopardi (que lhe parecia o menos mau dos escritores que lera) estava impossibilitado para a arte superior. E tem mais, Leopardi era capaz de escrever frases como esta: "Sou tímido com as mulheres; logo, Deus não existe". Para o barão, que também era tímido com as mulheres, a frase foi engraçada, mas soou a metafísica menor. O fato de que até Leopardi dissesse bobagens de semelhante calibre confirmou-lhe definitivamente que a arte superior era impossível. Isso consolou o barão antes de se matar, pois pensou que, se Leopardi dizia semelhantes bobagens, não podia ser mais evidente que em arte não havia nada a fazer, apenas reconhecer uma possível aristocracia da alma. E ir embora. Deve ter pensado: Somos tímidos com as mulheres, Deus existe mas Cristo não tinha biblioteca, nunca chegamos a nada, mas ao menos alguém inventou a dignidade.

34

Para Hofmannsthal, a força estética tem suas raízes na justiça. Ele perseguiu, em nome dessa exigência estética, diz-nos Claudio Magris, a definição no limite e no contorno, na linha e na clareza, levantando o sentido da forma e da norma como baluarte contra a sedução do inefável e vago (do qual, no entanto, ele mesmo se fizera porta-voz em seu início extraordinariamente precoce).

O caso de Hofmannsthal é um dos mais singulares e polêmicos da arte da negativa, por sua fulgurante ascensão de menino prodígio das letras, pela crise de escrita que posteriormente lhe sobrevém (e que reflete sua *Carta de lorde Chandos*, peça emblemática da arte da negativa) e por sua sucessiva e prudente correção de rumo.

Nesse escritor houve, pois, três etapas bem diferenciadas. Na primeira, absoluta genialidade adolescente, mas etapa tingida de palavra fácil e vazia. Na segunda, crise total, pois a *Carta* constitui o grau zero não mais da escrita, e sim da poética do próprio Hofmannsthal; a *Carta* constitui um manifesto do desfalecimento da palavra e do naufrágio do *eu* no fluir convulsionado e indistinto das coisas, não mais nomináveis nem domináveis pela linguagem: "Meu caso, em poucas palavras, é este: perdi completamente a faculdade de pensar ou de falar coerentemente sobre qualquer coisa", o que significa que o remetente da carta abandona a vocação e a profissão de escritor porque nenhuma palavra lhe parece expressar a realidade objetiva. E uma terceira etapa, na qual Hofmannsthal supera a crise e, como um Rimbaud que tivesse voltado à escritura depois de constatar a bancarrota da palavra, retorna com elegância à literatura, o que o situa em cheio na voragem do escritor consagrado que tem de administrar seu patrimônio de imagem pública e receber as visitas dos homens de letras, falar com os editores, viajar para proferir conferências, viajar para criar, dirigir revistas, ao mesmo tempo que suas obras ocupam painéis nos teatros alemães e sua prosa ganha em serenidade, embora, como observou Schnitzler, o que se vê nessa terceira etapa é que Hofmannsthal nunca superou o milagre único que ele constituiu com sua saborosa precocidade e com essa posterior explosão de profundidade que o colocou à beira do silêncio mais absoluto quando lhe sobreveio a crise que originou a *Carta*.

"Não admiro menos", escreveu Stefan Zweig a propósito disso, "as obras posteriores à etapa de genialidade e à da crise encarnada pela *Carta de lorde Chandos*, seus magníficos artigos, o fragmento de *Andreas* e outros acertos. No entanto, ao estabelecer uma relação mais intensa entre o teatro real e os interesses de seu tempo, ao conceber maiores ambições, perdeu algo da pura inspiração de suas primeiras criações."

A carta que supostamente lorde Chandos envia a sir Francis Bacon comunicando-lhe que renuncia a escrever — já que "um regador, um rastelo abandonado no campo, um cão ao sol [...], cada um desses objetos, e mil outros semelhantes, sobre os quais o olho normalmente desliza com natural indiferença, pode, de repente, a qualquer momento, adquirir para mim um caráter sublime e comovente que a totalidade do vocabulário me parece pobre demais para expressar" —, essa carta de lorde Chandos, que se assemelha, por exemplo, ao "Conversa com um bêbado", de Franz Kafka (no qual as coisas não estão mais em seu lugar e a língua não mais as expressa), essa carta de lorde Chandos sintetiza o essencial da crise de expressão literária que afetou a geração do fim do século xix vienense e fala de uma crise de confiança na natureza básica da expressão literária e da comunicação humana, da linguagem entendida como universal, sem distinção particular de línguas.

Essa *Carta de lorde Chandos*, ápice da literatura do Não, projeta sua sombra bartlebyana em todos os quadrantes da escritura do século xx e tem entre seus herdeiros mais óbvios o jovem Törless de Musil, que observa, no romance homônimo de 1906, a "segunda vida das coisas, secreta e fugidia [...], uma vida que não se expressa com as palavras e que, ainda assim, é minha vida"; herdeiros como Bruno Schulz, que em *Lojas de canela* (1934) fala de alguém cuja personalidade se dividiu em vários *eus* diferentes e hostis; herdeiros como o louco de *Auto de fé* (1935), de Elias Canetti, que indica o mesmo objeto com um termo diferente a cada vez, para não se deixar aprisionar pelo poder da definição fixa e imutável; herdeiros como Oswald Wiener, que em *O aprimoramento da Europa Central* realiza um ataque frontal contra a mentira literária, como curioso esforço para destruí--la e reencontrar, para além do signo, o imediatismo vital; herdeiros mais recentes como Pedro Casariego Córdoba, para quem, em *Falsearé la leyenda*, talvez os sentimentos sejam inexprimíveis, talvez a arte seja um vapor, talvez se evapore no processo de transformar o que é exterior em interior; ou herdeiros como Clément Rosset, que em *Le Choix des mots* (1995) diz que, no terreno da arte, ao homem não criativo pode atribuir-se uma força superior à do criativo, já que este possui apenas o poder de criar, ao passo que aquele dispõe desse mesmo poder mas, também, tem o de poder renunciar a criar.

35

Embora a síndrome viesse de longe, com a *Carta de lorde Chandos* a literatura ficava completamente exposta a sua insuficiência e impossibilidade, fazendo dessa exposição — como se faz nestas notas sem texto — sua questão fundamental, necessariamente trágica.

A negação, a renúncia, o mutismo são lacunas das formas extremas sob as quais se apresentou o mal-estar da cultura.

No entanto, a forma extrema por excelência foi a que veio com a Segunda Guerra Mundial, quando a linguagem ficou também mutilada, e Paul Celan pôde apenas remexer uma ferida iletrada, em tempos de silêncio e destruição:

> Se viesse,
> se viesse um homem
> se viesse um homem ao mundo, hoje, com
> a barba brilhante dos
> patriarcas: poderia somente,
> se falasse deste
> tempo, somente
> poderia balbuciar, balbuciar
> sempre sempre
> somente somente.

36

Derain me escreveu, escreveu-me de verdade, desta vez não estou inventando. Já não esperava que o fizesse, mas seja bem--vindo.

Pede-me dinheiro — vê-se que não lhe falta senso de humor — por toda a documentação que envia para minhas notas.

Distinto colega — me diz na carta —, mando-lhe fotocópias de alguns documentos literários que podem ser de seu interesse, ser--lhe úteis para suas notas sobre a arte da negativa.

Em primeiro lugar, encontrará umas frases de *Monsieur Teste*, de Paul Valéry. Já sei que conta com Valéry — inevitável no tema de que você trata —, mas talvez lhe tenham escapado as frases que lhe mando e que são a pérola condensada de um livro, *Monsieur Teste*, totalmente alinhado com a, digamos, problemática do Não.

Segue uma carta de John Keats na qual ele se pergunta, entre outras coisas, o que há de espantoso em que ele diga que vai deixar de escrever para sempre.

Mando-lhe também "Adieu", para o caso de você ter perdido esse breve texto de Rimbaud, em que muitos acreditaram ver, e eu entre eles, sua despedida explícita da literatura.

Também lhe envio um fragmento essencial de *A morte de Virgílio*, romance de Hermann Broch.

Segue uma frase de Georges Perec, que nada tem a ver com o tema da negação ou da renúncia nem com nada daquilo que o preocupa e sobre o que você indaga, mas que penso que pode lembrar-lhe algo assim como a pausa que refresca depois do difícil Broch.

Por fim, mando-lhe algo que não pode faltar de modo algum

em uma aproximação à arte da negativa: *Crise de vers*, um texto de 1896 de Mallarmé.
São mil francos. Acho que minha ajuda bem os merece.

Seu,
Derain

37

Reconheço que são uma pérola condensada de *Monsieur Teste* as frases de Valéry que Derain selecionou para mim: "Monsieur Teste não era filósofo nem nada no estilo. Nem mesmo era literato. E, graças a isso, pensava muito. Quanto mais se escreve, menos se pensa".

38

Poeta "consciente de ser poeta", John Keats é autor de ideias decisivas sobre a própria poesia, jamais expostas em prólogos ou em livros de teoria e sim em cartas aos amigos, destacando-se muito especialmente a enviada a Richard Woodhouse em 27 de outubro de 1818. Nessa carta, fala sobre a *capacidade negativa* do bom poeta, que é aquele que sabe distanciar-se e permanecer neutro ante o que diz, tal como fazem os personagens de Shakespeare, entrando em comunhão direta com as situações e com as coisas para transformá-las em poemas.

Nessa carta ele nega que o poeta tenha substância própria, identidade, um *eu* a partir do qual fala com sinceridade. Para Keats, o bom poeta é antes um camaleão, que encontra prazer criando tanto um personagem perverso (como o Iago de *Otelo*) como um angelical (como a também shakespeariana Imogen).

Para Keats, o poeta "é tudo e não é nada: não tem caráter; desfruta da luz e da sombra [...]. Aquilo que choca o virtuoso filósofo deleita o camaleônico poeta". E por isso, precisamente, "um poeta é o ser menos poético que existe, porque não tem identidade: está continuamente substituindo e preenchendo algum corpo".

"O sol", continua dizendo a seu amigo, "a lua, o mar, os homens e as mulheres, que são criaturas impulsivas, são poéticos e têm em si algum atributo imutável. O poeta carece de todos, é impossível identificá-lo, e é, sem dúvida, o menos poético de todos os seres criados por Deus."

Keats dá a impressão de estar anunciando, com muitos anos de antecipação, a hoje em dia tão desgastada "dissolução do eu". Guiado por sua inteligência genial e por suas grandes intuições, antecipou-se a muitas coisas. É algo que, sem ir muito longe, pode ser visto quando, após seu discurso sobre a faceta camaleônica do poeta, termina a carta a seu amigo Woodhouse com uma frase surpreendente para a época: "Se, portanto, o poeta não tem *ser em si* e eu sou um poeta, o que há de espantoso em que diga que vou deixar de escrever para sempre?".

39

"Adieu" é um breve texto de Rimbaud incluído em *Uma temporada no inferno* e no qual, de fato, parece que o poeta se despede da literatura: "O outono já! Mas por que sentir saudade de um sol eterno, se estamos engajados na descoberta da claridade divina, longe das pessoas que morrem nas estações".

Um Rimbaud maduro — "O outono já!" —, um Rimbaud maduro aos dezenove anos despede-se definitivamente da, para ele, falsa ilusão do cristianismo, das sucessivas etapas pelas quais, até esse momento, passara sua poesia, de suas tentativas iluministas, de sua ambição imensa. E ante seus olhos vislumbra-se um novo caminho: "Tentei inventar novas flores, novos astros, novas carnes, novas línguas. Acreditei ter adquirido poderes sobrenaturais. E, agora, devo enterrar minha imaginação e minhas lembranças! Uma bela glória de artista e de narrador arrebatada!". Termina com uma frase que se tornou célebre, sem dúvida uma despedida em grande estilo: "É preciso ser absolutamente moderno. Nada de cânticos. Manter o passo conquistado".

Ainda assim, eu prefiro — embora Derain não a tenha enviado — uma despedida mais simples da literatura, muito mais simples que seu "Adieu". Encontra-se no rascunho de *Uma temporada no inferno* e diz o seguinte: "Agora posso dizer que a arte é uma bobagem".

40

Keats e Rimbaud — entendo o que Derain quer me insinuar — marcam presença na crise final do poeta Virgílio, no extraordinário romance de Hermann Broch. Keats, que visualizara a dissolução do eu (quando ainda não estava em evidência), quase pode ser tocado quando Broch, nas páginas centrais de *A morte de Virgílio*, diz-nos que seu moribundo herói acreditara ter escapado do informe, mas o informe havia caído de novo sobre ele, não como o indistinguível do início do rebanho, e sim muito próximo, mais ainda, quase tangível, como o caos de uma individualização ou de uma dissolução que não podia reunir-se em uma unidade nem com a espreita nem com a rigidez: "o caos demoníaco de cada palavra isolada, de cada conhecimento, de cada coisa [...] esse caos o assaltava agora, a esse caos estava entregue [...]. Oh, cada um está ameaçado pelas palavras indomáveis e seus tentáculos, pela ramagem das palavras, pelas palavras de ramo que se enredando entre si o enredam, que crescem disparadas, cada uma para seu lado, e tornando a retorcerem-se umas nas outras, demoníacas em sua individualização, palavras de segundos, palavras de anos, palavras que se entrelaçam na trama do mundo, na trama dos tempos, incompreensíveis e impenetráveis em sua rugiente mudez".

O Rimbaud, que, tendo visualizado novas línguas, tinha de enterrar sua imaginação, torna-se quase tangível quando Virgílio, no final de sua vida, descobre que penetrar até o conhecimento para além de todo o conhecimento é tarefa reservada a potências que nos escapam, reservada a uma força de expressão que deixaria muito atrás qualquer expressão terrena, como atrás deixaria também uma linguagem que deveria estar para além do emaranhado das palavras e de todo idioma terreno, uma linguagem que permitiria ao olho receber a unidade cognitiva.

Virgílio dá a impressão de estar pensando em uma língua *ainda não encontrada*, talvez inatingível ("escrever é tentar saber o que escreveríamos se escrevêssemos", dizia Marguerite Duras), pois seria necessária uma vida sem fim para guardar um único pobre segundo da lembrança, uma vida sem fim para lançar um único olhar de um segundo à profundidade do abismo do idioma.

41

A frase de Georges Perec que Derain me envia em forma de pausa que refresca depois do difícil Broch parodia Proust e tem relativa graça, limito-me a transcrevê-la: "Durante muito tempo, deitei-me por escrito".

42

Mallarmé é muito direto, faz poucos rodeios em *Crise de vers* no momento de falar da impossibilidade da literatura: "Narrar, ensinar, e mesmo descrever, não apresentam dificuldade alguma, e, embora talvez fosse suficiente pegar ou depositar em silêncio uma moeda em mão alheia para intercambiar pensamentos, o emprego elementar do discurso serve à *reportagem universal* da qual participam todos os gêneros contemporâneos de escrita, exceto a literatura".

43

Abrumado com tantos sóis negros da literatura, procurei há alguns instantes recuperar um pouco o equilíbrio entre o sim e o não, encontrar algum motivo para escrever. Acabei refugiando-me no que primeiro me veio à cabeça, umas frases do escritor argentino Fogwill: "Escrevo para não ser escrito. Vivi escrito por muitos anos, representava uma narrativa. Suponho que escrevo para escrever sobre outros, para agir sobre a imaginação, a revelação, o conhecimento dos outros. Talvez sobre o comportamento literário dos outros".

Depois de me apropriar das palavras de Fogwill — afinal de contas, nestas notas a um texto invisível, eu também me dedico a comentar os comportamentos literários de outros para assim poder escrever e não ser escrito —, apago as luzes da sala, dirijo-me ao corredor tropeçando nos móveis, digo a mim mesmo que não falta muito para que eu durma por escrito.

44

Gostaria de ter criado no leitor a cálida sensação de que ter acesso a estas páginas é como ficar sócio de um clube no estilo do *clube dos negócios estranhos* de Chesterton, onde, entre outros serviços, o Bartlebys Reunidos — tal seria o nome desse clube ou negócio estranho — colocaria à disposição dos senhores sócios algumas das melhores narrativas relacionadas ao tema da renúncia à escrita.

No tema da síndrome de Bartleby há duas narrativas indiscutíveis, fundadoras, mesmo, da síndrome e de sua possível poética. São *Wakefield*, de Nathaniel Hawthorne, e *Bartleby, o escrivão*, de Herman Melville. Nesses dois contos há renúncias (à vida conjugal no primeiro, e à vida em geral no segundo), e, embora essas renúncias não estejam relacionadas à literatura, o comportamento dos protagonistas prefigura os futuros livros-fantasmas e outras recusas à escritura que não tardariam a inundar a cena literária.

Nessa seleção de narrativas, ao lado dos indiscutíveis *Wakefield* e *Bartleby* — o que eu não daria para que esses indivíduos fossem meus melhores amigos? —, não deveriam faltar, deveriam ser postos à disposição de todos os sócios do Bartlebys Reunidos, três contos que me agradam muito e que a seu modo — cada um de forma muito singular — comentam o aparecimento de uma ideia — a de renunciar a escrever — na vida dos protagonistas.

Essas três narrativas são: "Viaja y no lo escribas", de Rita Malú; "Petrônio", de Marcel Schwob; "História de uma história que não existe", de Antonio Tabucchi.

45

Em "Viaja y no lo escribas" — conto apócrifo que em *Eclipses littéraires* Robert Derain atribui a Rita Malú, dizendo que pertence ao volume de narrativas *Noches bengalíes tristes* —, conta-se que, certo dia, um estrangeiro viajando pela Índia chegou a um povoado, entrou no pátio de uma casa, onde viu um grupo de xivaístas sentados no chão, com pequenos címbalos nas mãos, cantando, em ritmo rápido e diabólico, um endemoninhado canto de sortilégio que se apoderou do ânimo do estrangeiro de forma misteriosa e irresistível.

Nesse pátio havia também um homem muito velho, velhíssimo, que saudou o estrangeiro, e este, distraído pelo canto dos xivaístas, percebeu tarde demais essa saudação. A música era cada vez mais demoníaca. O estrangeiro pensou que gostaria que aquele homem velho tornasse a olhar para ele. O velho era um peregrino. A música parou de repente, e o estrangeiro sentiu-se como em êxtase. O velho, subitamente, voltou a olhar o estrangeiro e, pouco depois, devagar, saiu do pátio. Nesse olhar o estrangeiro julgou detectar uma mensagem especial para ele. Não sabia o que o velho quisera indicar-lhe, mas estava certo de que era algo importante, essencial.

O estrangeiro, que era escritor de viagens, acabou entendendo que o velho havia lido seu destino e que, em um primeiro momento, quando o saudou, havia se regozijado ante o futuro, passando a ter em seguida, depois de ler o destino inteiro, grande compaixão por ele. O estrangeiro entendeu então que, com seu segundo olhar, o velho o advertira de um grave perigo, quisera recomendar-lhe que enganasse seu destino horrível deixando imediatamente de ser — porque aí se escondia sua futura desgraça — escritor de viagens.

"Conta-se, é uma lenda da Índia moderna", conclui o conto de Rita Malú, "que aquele estrangeiro, desde o instante em que foi advertido pelo olhar do velho peregrino, caiu em estado de total apatia em relação à literatura e não voltou mais a escrever livros de viagens nem de nenhum outro gênero, nunca mais voltou a escrever. Por via das dúvidas."

46

A narrativa "Petrônio" encontra-se em *Vidas imaginárias*, de Marcel Schwob, livro sobre o qual Borges — que o imitou, superando-o — disse que, para sua escrita, Schwob havia inventado o curioso método em que os protagonistas podiam ser reais, mas os fatos, fabulosos e, não raro, fantásticos. Para Borges, o sabor peculiar de *Vidas imaginárias* encontrava-se nesse vaivém, vaivém muito apreciável em "Petrônio", em que esse personagem é o mesmo que conhecemos pelos livros de história, mas sobre o qual Schwob nos desmente que fosse, como sempre foi dito, um árbitro da elegância na corte de Nero, ou esse homem que, não podendo suportar mais os poemas do imperador, matou-se em uma banheira de mármore enquanto recitava poemas lascivos.

Não, o Petrônio de Schwob é um ser que nasceu cercado de privilégios, a ponto de passar a infância acreditando que o ar que respirava havia sido perfumado exclusivamente para ele. Esse Petrônio, um menino que vivia nas nuvens, mudou radicalmente no dia em que conheceu um escravo chamado Siro, que havia trabalhado em um circo e que começou a ensinar-lhe coisas desconhecidas, colocou-o em contato com o mundo dos gladiadores bárbaros e dos charlatães de feira, com homens de olhar oblíquo que pareciam espiar as verduras e soltavam as reses, com meninos de cabelos cacheados que acompanhavam senadores, com velhos tagarelas que discutiam nas esquinas os assuntos da cidade, com criados lascivos e prostitutas forasteiras, com vendedores de frutas e donos de hospedarias, com poetas miseráveis e criadas vigaristas, com sacerdotisas equívocas e com soldados errantes. O olhar de Petrônio — que Schwob nos diz que era vesgo — começou a captar exatamente o comportamento e as intrigas de todo esse populacho. Siro, para completar seu trabalho, contou-lhe, às portas da cidade e entre as tumbas, histórias de homens que eram serpentes e mudavam de pele, contou-lhe todas as histórias que conhecia de negros, sírios e taberneiros.

Certo dia, já aos trinta anos, Petrônio decidiu escrever as histórias que lhe haviam sugerido suas incursões pelo submundo de sua cidade. Escreveu dezesseis livros de sua invenção e, quando terminou, leu-os para Siro, que riu como louco e não parava de aplaudir. Então Siro e Petrônio conceberam o projeto de levar a cabo as aventuras compostas por este, traduzi-las dos pergaminhos para a realidade. Petrônio e Siro disfarçaram-se e fugiram da cidade, começaram a percorrer os caminhos e a viver as aventuras que Petrônio havia escrito, que renunciou para sempre à escrita desde o momento em que começou a viver a vida que havia imaginado. Dito de outro modo: se o tema do *Quixote* é o do sonhador que se atreve a transformar-se em seu sonho, a história de Petrônio é a do escritor que se atreve a viver aquilo que escreveu e por isso deixa de escrever.

47

Em "História de uma história que não existe" (que pertence ao volume *Os voláteis do Beato Angélico*, de Tabucchi) fala-se de um desses livros-fantasmas tão valorizados pelos *bartlebys*, pelos escritores do Não.

"Tenho um romance ausente que tem uma história que quero contar", diz-nos o narrador. Trata-se de um romance que se chamara *Cartas ao capitão Nemo* e que posteriormente mudou seu título para *Ninguém atrás da porta*, romance que nasceu na primavera de 1977 durante quinze dias de vida campestre e enlevo em uma cidadezinha perto de Siena.

Findo o romance, o narrador conta que o enviou a um editor que o recusou por considerá-lo pouco acessível e muito difícil de decifrar. Então o narrador decidiu guardá-lo em uma gaveta para deixá-lo descansar um pouco ("porque a escuridão e o esquecimento fazem bem às histórias, penso"). Alguns anos depois, casualmente, o romance volta às mãos do narrador, e a descoberta lhe provoca uma estranha impressão, porque na verdade já o havia esquecido completamente: "Surgiu de repente na escuridão de uma cômoda, debaixo de uma pilha de papéis, como um submarino que emergisse de obscuras profundidades".

O narrador lê nisso quase uma mensagem (o romance falava também de um submarino) e sente necessidade de acrescentar a seu velho texto uma nota conclusiva, retoca algumas frases e o envia a um editor diferente daquele que, anos antes, havia considerado o texto difícil de decifrar. O novo editor aceita publicá-lo, o narrador promete entregar a versão definitiva na volta de uma viagem a Portugal. Leva o manuscrito para uma velha casa às margens do Atlântico, concretamente para uma casa "que se chamava", diz-nos, "São José da Guia", onde vive sozinho, em companhia do manuscrito, e dedica-se todas as noites a receber as visitas de fantasmas, não de seus fantasmas, mas de fantasmas de verdade.

Setembro chega com marejadas furiosas, e o narrador continua na velha casa, continua com seu manuscrito, continua sozinho — diante da casa há um rochedo escarpado —, mas recebendo de noite as visitas dos fantasmas que buscam contato e com os quais mantém, às vezes, diálogos impossíveis: "aquelas presenças desejavam falar, e eu fiquei escutando suas histórias, tentando decifrar comunicações constantemente alteradas, obscuras e desconexas; eram histórias infelizes, em sua maioria, percebi isso com clareza".

Assim, entre diálogos silenciosos, chega o equinócio do outono. Nesse dia, uma tempestade se abate sobre o mar, sente-o mugir desde a alvorada; à tarde, uma força enorme sacode suas vísceras; à noite, nuvens carregadas descem do horizonte e a comunicação com os fantasmas é interrompida, talvez porque apareça o manuscrito ou livro-fantasma, com submarino e tudo. O oceano grita de modo insuportável, como se estivesse cheio de vozes e lamentos. O narrador se planta diante da falésia, leva consigo o romance submarino, sobre o qual nos diz — em uma linha magistral da arte *bartleby* dos livros-fantasmas — que o entrega ao vento, página por página.

48

Wakefield e Bartleby são dois personagens solitários intimamente relacionados, e ao mesmo tempo o primeiro está relacionado, também intimamente, com Walser, e o segundo com Kafka.

Wakefield — esse homem inventado por Hawthorne, esse marido que de repente e sem motivo se afasta de casa e de sua mulher e vive durante vinte anos (em uma rua próxima, desconhecido por todos, pois o julgam morto) uma existência solitária e despojada de qualquer significado — é um claro antecedente de muitos dos personagens de Walser, todos aqueles esplêndidos zeros à esquerda que querem desaparecer, somente desaparecer, esconder-se na anônima irrealidade.

Quanto a Bartleby, é um claro antecedente dos personagens

de Kafka — "Bartleby (escreveu Borges) já define um gênero que por volta de 1919 Kafka reinventaria e aprofundaria: o das fantasias da conduta e do sentimento" —, e é também precursor até mesmo do próprio Kafka, esse escritor solitário que via que o escritório em que trabalhava significava a vida, isto é, sua morte; esse solitário "no meio de um gabinete deserto", esse homem que passeou por toda Praga sua existência de morcego de casaco e de chapéu preto.

Falar — tanto Wakefield como Bartleby parecem indicar-nos — é pactuar com o absurdo da existência. Nos dois habita uma profunda negação do mundo. São como o Odradek kafkiano que não tem domicílio e vive na escada de um pai de família ou em qualquer outro buraco.

Nem todo o mundo sabe, ou quer aceitar, que Herman Melville, o criador de Bartleby, *passava por fases negras* com mais frequência que o desejável. Vejamos o que dele diz Julian Hawthorne, o filho do criador de Wakefield: "Melville possuía um gênio claríssimo e era o ser mais estranho que jamais chegara a nosso círculo. Apesar de todas as suas aventuras, tão selvagens e temerárias, das quais apenas uma ínfima parte permaneceu refletida em seus fascinantes livros, fora incapaz de livrar-se de uma consciência puritana [...]. Estava sempre inquieto e esquisito, esquisitíssimo, e tendia a padecer *fases negras*, havendo motivos para pensar que havia nele vestígios de loucura".

Hawthorne e Melville, fundadores, sem o saber, das fases negras da arte do Não, conheceram-se, foram amigos e se admiraram mutuamente. Hawthorne também foi um puritano, até mesmo em sua reação agressiva contra alguns aspectos do puritanismo. E também foi um homem inquieto e esquisito, esquisitíssimo. Nunca foi, por exemplo, um devoto, mas sabe-se que em seus anos de solidão ia até a janela para observar as pessoas que iam ao templo, e comentava-se que seu olhar resumia a breve história da Sombra ao longo da arte do Não. Sua visão estava obnubilada pela terrível doutrina calvinista da predestinação. Esse é o lado de Hawthorne que tanto fascinava Melville, que para elogiá-lo falou do *grande poder da negrura*, esse lado noturno que existe também no próprio Melville.

Melville estava convencido de que na vida de Hawthorne havia algum segredo nunca revelado, responsável pelas passagens *negras* de suas obras, e é curioso que pensasse algo assim se levarmos em conta que tais suposições eram, precisamente, muito próprias dele mesmo, que foi um homem de conduta mais que tenebrosa, principalmente a partir do momento em que compreendeu que, após seus primeiros e celebrados grandes êxitos literários — foi confundido com um jornalista, com um repórter do mar —, não lhe cabia senão esperar um contínuo fracasso como escritor.

É curioso, tanta conversa sobre a síndrome de Bartleby e eu ainda não havia comentado nestas notas que Melville teve a síndrome antes que seu personagem existisse, o que nos poderia levar a pensar que talvez tenha criado Bartleby para descrever sua própria síndrome.

E também é curioso observar como, após tantas páginas deste diário — que, com certeza, está me isolando cada vez mais do mundo exterior e vai me transformando em um fantasma: nos dias em que dou breves passeios pelo bairro adoto sem querer um ar no estilo de Wakefield, como se eu tivesse uma mulher e esta me julgasse morto e eu continuasse vivendo ao lado de sua casa escrevendo este caderno e espiando-a de vez em quando, espiando-a, por exemplo, quando faz compras —, mal havia dito algo até agora sobre o fracasso literário como causa direta do aparecimento do Mal, da enfermidade, da síndrome, da renúncia a continuar escrevendo. Mas é que o caso dos fracassados, pensando bem, não tem maior interesse, é óbvio demais, não há mérito algum em ser um escritor do Não porque se fracassou. O fracasso lança excessiva luz e muito pouca sombra sobre os casos daqueles que renunciam a escrever por um motivo tão vulgar.

Se o suicídio é uma decisão de complexidade tão excessivamente radical que, no fim das contas, transforma-se em uma decisão na verdade simplicíssima, deixar de escrever porque se fracassou parece-me de uma simplicidade ainda mais angustiante, embora dentre as exceções de casos de fracassados que estou disposto a mencionar se encontre, é claro, o caso de Melville, já que tem direito ao que quiser (já que inventou a simples, porém ao mesmo tempo complexíssima, sutil rendição de Bartleby, personagem que nunca optou pela grosseira linha reta da morte pelas próprias mãos e menos ainda pelo pranto e pela deserção ante o fracasso; não, Bartleby, diante da ideia do fracasso, rendeu-se de forma admirável, nada de suicídios nem de amarguras intermináveis, limitou-se a comer biscoitos, que era a única coisa que lhe permitia continuar "achando melhor não"), a Melville perdoo tudo.

Pode-se sintetizar a história do relativo (relativo porque inventou para si outro fracasso, o de Bartleby, e assim ficou tranquilo) desastre da carreira literária de Melville do seguinte modo: após seus primeiros contos de aventuras, que tiveram grande sucesso porque ele foi confundido com um mero cronista da vida marítima, o aparecimento de *Mardi* desconcertou totalmente seu público, pois era um romance — e ainda o é — bastante ilegível, mas cujo enredo antecipa obras futuras de Kafka: trata-se de uma infinita perseguição por um mar infinito. *Moby Dick*, em 1851, assustou quase todos aqueles que se deram ao trabalho de lê-lo. *Pierre, or the Ambiguities* desgostou enormemente os críticos e *The Piazza Tales* (no fim do qual foi incluída a narrativa *Bartleby*, que três anos antes havia sido publicada em uma revista sem que ele a assinasse) passou despercebido.

Foi em 1853 que Melville, com apenas trinta e quatro anos, chegou à conclusão de que havia fracassado. Enquanto foi considerado cronista da vida marítima tudo tinha ido bem, mas, quando começou a produzir obras-primas, o público e a crítica o condenaram ao fracasso com a absoluta unanimidade das ocasiões equivocadas.

Em 1853, ao ver seu fracasso, escreveu *Bartleby, o escrivão*, narrativa que continha o antídoto contra sua depressão e que seria o embrião dos futuros movimentos que ele realizaria, os quais, três anos mais tarde, desembocariam em *O vigarista*, a história de um fraudador muito especial (que o tempo assemelharia a Duchamp), e em um catálogo esplêndido com imagens ásperas e sombrias que, publicado em 1857, seria a última obra em prosa que publicaria.

Melville morreu em 1891, esquecido. Durante aqueles últimos trinta e quatro anos escreveu um longo poema, memórias de viagens e, pouco antes de sua morte, o romance *Billy Bud*, mais uma obra-prima — a história pré-kafkiana de um processo: a de um marinheiro condenado à morte injustamente, condenado como se tivesse de expiar o pecado por ter sido jovem, brilhante e inocente —, obra-prima que não seria publicada até trinta e três anos depois de sua morte.

Tudo o que escreveu nos trinta e quatro últimos anos de sua vida foi feito de modo bartlebyano, com um ritmo de baixa intensidade, como achando melhor não o fazer e em um evidente movimento de rejeição ao mundo que o havia rejeitado. Quando penso nesse seu movimento de rejeição, lembro-me de algumas palavras de Maurice Blanchot acerca de todos aqueles que, no momento oportuno, souberam rejeitar o aspecto amável de uma comunicação plana, quase sempre vazia, tão em voga hoje em dia: "O movimento de rejeitar é difícil e estranho, embora idêntico em cada um de nós desde o momento em que o captamos. Por que difícil?

É que é necessário rejeitar não só o pior, mas também um aspecto razoável, uma solução que poderíamos chamar de feliz".

Quando Melville deixou de procurar qualquer solução feliz e deixou de pensar em publicar, quando decidiu agir como esses seres que "acham melhor não", passou anos procurando — para ajudar sua família — um emprego, qualquer emprego. Quando por fim o encontrou — o que não aconteceu até 1866 —, seu destino acabou coincidindo precisamente com o de Bartleby, sua estranha criatura.

Vidas paralelas. Durante os últimos anos de sua vida, Melville, do mesmo modo que Bartleby, "última coluna de um templo em ruínas", trabalhou como escriturário em um desmantelado escritório da cidade de Nova York.

Impossível não relacionar esse escritório do inventor de Bartleby com o de Kafka e com aquilo que este escreveu a Felice Bauer, dizendo-lhe que a literatura o excluía da vida, isto é, do escritório. Se essas dramáticas palavras sempre me fizeram rir — ainda mais hoje, que estou de bom humor e me lembro de Montaigne, que dizia que nossa peculiar condição é sermos feitos tanto para que riam de nós quanto para rir —, outras palavras de Kafka, também dirigidas a Felice Bauer e menos célebres do que as anteriores, fazem-me rir ainda mais; muitas vezes eu as evocava quando estava no escritório e assim conseguia ir adiante sem me angustiar quando a angústia aparecia: "Querida, é preciso pensar em você por toda parte, assim lhe escrevo na mesa de meu chefe, a quem estou representando neste momento".

49

Richard Ellman, em sua biografia sobre Joyce, descreve esta cena que parece saída do teatro do Não:

Joyce tinha então cinquenta anos, e Beckett, vinte e seis. Beckett era adepto dos silêncios, e Joyce também; entabulavam conversas que com frequência consistiam apenas em um intercâmbio de silêncios, ambos impregnados de tristeza, Beckett em grande parte pelo mundo, Joyce em grande parte por si mesmo. Joyce estava sentado em sua postura habitual, as pernas cruzadas, a ponta do sapato da perna de cima sob a canela da de baixo; Beckett, também alto e delgado, adotava a mesma postura. De repente Joyce perguntava algo parecido com isto:

— Como o idealista Hume conseguiu escrever uma história?

Beckett replicava:

— Uma história das representações.

50

Eu costumava observar o grande poeta catalão J. V. Foix em sua confeitaria do bairro de Sarrià, em Barcelona. Sempre o encontrava atrás do *taulell** junto à caixa registradora, de onde o poeta parecia estar supervisionando o universo dos bolos. Quando lhe prestaram uma homenagem na universidade, estive entre o numeroso público, tinha vontade de ouvi-lo, finalmente, mas Foix quase não disse nada nesse dia, limitou-se a confirmar que sua obra estava encerrada. Lembro que aquilo me intrigou muito, possivelmente já estivessem sendo gestadas estas notas de rodapé, este caderno sobre renúncias à escrita; eu me perguntava como Foix podia saber que sua obra já estava encerrada, quando se pode saber uma coisa dessas. E também me perguntava o que fazia se não escrevia mais, ele, que sempre escrevera. Além disso,

* *Taulell*: vocábulo catalão — contração de *taula estreta i llarga* — que significa "balcão". [N.T.]

eu o admirava, a vida inteira fora um entusiasta de sua poesia, dessa linguagem lírica que, recolhendo a tradição e avançando na modernidade (*"m'exalta el nou, me'enamora el vell"*, exalta-me o novo, apaixona-me o velho), havia atualizado a capacidade criativa da língua catalã. Eu o admirava e necessitava que continuasse escrevendo versos e me entristecia pensar que a obra estava encerrada e que provavelmente o poeta havia decidido esperar a morte. Embora não me servisse de consolo, um texto de Pere Gimferrer na revista *Destino* orientou-me. Ao comentar que a obra de Foix estava encerrada para sempre, dizia Gimferrer: "Mas nos olhos (de Foix), mais sereno, pulsa o mesmo lampejo: um fulgor visionário, agora secreto em sua lava oculta [...]. Para além do imediato, pressente-se um surdo rumor de oceanos e abismos: Foix segue pelas noites sonhando poemas, embora já não os escreva".

Poesia não escrita, mas vivida pela mente: um final belíssimo para alguém que deixa de escrever.

51

Um desejo antigo de Oscar Wilde, expresso em *The Critic as Artist*, sempre foi "não fazer absolutamente nada, que é a coisa mais difícil do mundo, a mais difícil e a mais intelectual".

Em Paris, nos dois últimos anos de sua vida, graças nada menos ao fato de sentir-se aniquilado moralmente, pôde tornar realidade seu antigo desejo de não fazer nada. Porque, nos dois últimos anos de sua vida, Wilde não escreveu, decidiu deixar de fazê-lo para sempre, conhecer outros prazeres, conhecer a sábia alegria de não fazer nada, dedicar-se ao extremo ócio e ao absinto. O homem que havia dito que "o trabalho é a maldição das classes bebedoras" fugiu da literatura como da peste e se dedicou a passear, a beber e, em muitas ocasiões, à contemplação pura e simples.

"Para Platão e Aristóteles", escreveu ele, "a inatividade total sempre foi a mais nobre forma da energia. Para as pessoas da mais alta cultura, a contemplação sempre tem sido a única ocupação adequada ao homem." Também havia dito que "o eleito vive para não fazer nada", e foi assim que viveu seus dois últimos anos de vida. Às vezes recebia a visita do fiel amigo Frank Harris — seu futuro biógrafo —, que, assustado ante a atitude de absoluta folga de Wilde, costumava fazer sempre o mesmo comentário:

— Estou vendo que você continua sem trabalhar...

Uma tarde, Wilde lhe respondeu:

— É que a laboriosidade é o germe de toda a fealdade, mas não deixei de ter ideias e, tem mais, se quiser, vendo-lhe uma.

Naquela tarde, por cinquenta libras, vendeu a Harris o esboço e o argumento de uma comédia que este rapidamente escreveu e, também muito rapidamente, com o título de *Mr. and Mrs. Daventry* estreou no Royalty Theatre de Londres, no dia 25 de outubro de 1900, quase um mês antes da morte de Wilde em seu cubículo do Hotel d'Alsace de Paris.

Antes do dia da estreia e também nos dias que se seguiram, ao longo de seu último mês de vida, Wilde entendeu que uma extensão de sua felicidade podia se dar — em Londres a obra estava tendo grande sucesso — com o sistemático pedido de mais royalties pela obra estreada no Royalty, de modo que se dedicou a mortificar Harris com toda espécie de mensagens — por exemplo: "Você não só me roubou a obra, como também a arruinou, portanto quero mais cinquenta libras", até que morreu em seu cubículo de hotel.

No dia de sua morte, um jornal parisiense lembrou muito oportunamente algumas palavras de Wilde: "Quando não conhecia a vida, eu escrevia; agora que conheço seu significado, não tenho mais nada a escrever".

Essa frase coincide muito bem com o final de Wilde. Morreu depois de passar dois anos de grande felicidade, sem a menor necessidade de escrever, de acrescentar algo mais ao já escrito. É muito provável que, ao morrer, tenha alcançado a plenitude no desconhecido e tenha descoberto o que era exatamente não fazer nada, e por que isso era na verdade o mais difícil do mundo e o mais intelectual.

Cinquenta anos após sua morte, por essas mesmas ruas do Quartier Latin que ele havia percorrido com extrema ociosidade em seu radical abandono da literatura, aparecia em um muro, a cem metros do Hotel d'Alsace, o primeiro sinal de vida do movimento radical do *situacionismo*, a primeira irrupção pública de alguns agitadores sociais que em sua *deriva* vital gritariam Não a tudo que lhes fosse colocado à frente, e gritariam isso dominados pelas noções de desamparo e desarraigamento, mas também de felicidade, que tinham movido os derradeiros fios da vida de Wilde.

Esse primeiro sinal de vida situacionista foi uma pichação, a cem metros do Hotel d'Alsace. Disseram que podia ser uma homenagem a Wilde. A pichação, escrita por aqueles que, sob ditado de Guy Debord, não tardariam em propor que se abrissem ao tráfego andante os telhados das grandes cidades, dizia isto: "Não trabalhe nunca".

52

Julio Ramón Ribeyro — escritor peruano, walseriano em sua discrição, sempre escrevendo como que na ponta dos pés para não tropeçar em seu próprio pudor ou não tropeçar, porque nunca se sabe, em Vargas Llosa — sempre abrigou a suspeita, que se foi tornando convicção, de que há uma série de livros que fazem parte da história do Não, embora não existam. Esses livros-

-fantasmas, textos invisíveis, seriam aqueles que um dia batem a nossa porta e, quando vamos recebê-los, por um motivo frequentemente fútil, esfumam-se; abrimos a porta e não estão mais ali, foram embora. Certamente era um grande livro, o grande livro que estava dentro de nós, aquele que realmente estávamos destinados a escrever, *nosso livro*, o mesmo que nunca mais vamos poder escrever nem ler. Mas esse livro, que ninguém duvide disso, existe, está como que suspenso na história da arte do Não.

"Lendo Cervantes há pouco", escreve Ribeyro em *La tentación del fracaso*, "passou por mim um sopro que, infelizmente, não tive tempo de captar (por quê?, alguém me interrompeu, o telefone tocou, não sei), pois lembro que me senti impulsionado a começar algo... Depois tudo se dissolveu. Todos nós guardamos um livro, talvez um grande livro, mas que no tumulto de nossa vida interior raras vezes emerge, ou o faz tão rapidamente que não temos tempo de arpoá-lo."

53

Henry Roth nasceu em 1906 em uma aldeia da Galícia (então pertencente ao Império Austro-Húngaro) e morreu nos Estados Unidos em 1995. Seus pais emigraram para a América, e aí ele passou sua infância de menino judeu em Nova York, experiência que relatou em um admirável romance, *Call it Sleep*, publicado aos vinte e oito anos.

O romance passou despercebido, e Roth resolveu dedicar-se a outras coisas, trabalhou em ofícios tão díspares como ajudante de encanador, enfermeiro de manicômio ou criador de patos.

Trinta anos depois, *Call it Sleep* foi reeditado e, em poucas semanas, transformou-se em uma peça clássica da literatura norte-americana. Roth ficou espantado, e sua reação ante o sucesso consistiu em tomar a decisão de publicar algum dia algo mais, mas apenas quando e se ele ultrapassasse de longe a idade de oitenta anos. Superou de longe essa idade, e então, trinta anos depois do sucesso da reedição de *Call it Sleep*, deu à publicação *Mercy of a Rude Stream*, que os editores, dada a imponente extensão do romance, dividiram em quatro volumes.

"Escrevi meu romance", disse no fim de seus dias, "só para resgatar lembranças puídas que brilhavam suavemente em minha memória."

Trata-se de um romance escrito "para fazer com que seja mais fácil morrer" e no qual se zomba, de forma brilhante, do reconhecimento artístico. Suas melhores páginas talvez sejam aquelas em que nos conta suas experiências nas imediações da literatura — essas páginas ocupam praticamente o romance inteiro, é lógico —, todos esses anos, quase oitenta, nos quais não se sabe se escreveu, mas em todo caso não publicou, todos esses anos nos quais se esqueceu dos afluentes do rio da literatura e se deixou levar pela correnteza selvagem da vida.

54

A morte da pessoa amada origina não só os lilases, origina também poetas do Não. Como Juan Ramón Jiménez. Porto Rico, primavera de 1956. Juan Ramón havia passado a vida acreditando que morreria imediatamente. Quando lhe diziam: "Até amanhã", costumava responder: "Amanhã? E onde estarei amanhã?". No entanto, depois de se despedir dessa forma, ficava sozinho e ia para sua casa, onde permanecia tranquilo e começava a ver seus papéis e suas coisas. Seus amigos diziam que oscilava entre a ideia de que podia morrer enquanto dormia, tal como seu pai — ele fora acordado aos trancos para receber a notícia —, e a ideia de que fisicamente nada lhe aconteceria. Ele próprio descreveu esse aspecto de sua personalidade como "aristocracia de intempérie".

Havia passado a vida acreditando que morreria imediatamente, mas nunca lhe ocorreu pensar que primeiro morreria Zenobia, sua mulher, sua amante, sua namorada, sua secretária, suas mãos para todos os aspectos práticos ("seu barbeiro", chegou-se a dizer), seu chofer, sua alma.

Porto Rico, primavera de 1956. Zenobia volta de Boston para morrer ao lado de Juan Ramón. Lutou com coragem durante dois anos contra um câncer, mas aplicaram-lhe um tratamento radiológico excessivo e queimaram-lhe o útero. Sua chegada a San Juan, sem que ela soubesse, coincide com a de alguns jornalistas suecos que já sabem que o prêmio Nobel daquele ano seria outorgado ao poeta espanhol. O correspondente de um jornal sueco em Nova York pede a Estocolmo que antecipe a concessão do prêmio para dar a notícia a Zenobia, que estava à morte. Mas, quando ela se inteira do fato, não consegue mais falar. Sussurra uma canção de ninar — disseram que sua voz lembrou o tênue rangido do papel — e no dia seguinte morre.

Juan Ramón, prêmio Nobel, torna-se um inválido. A canção de ninar expôs sua aristocracia à intempérie. Quando, após o enterro, levam-no de volta para sua casa, a criada — que ainda vive, com mais de noventa anos, e se lembra perfeitamente bem de tudo e conta o caso hoje em dia em San Juan a quem lhe perguntar — será testemunha de um comportamento enlouquecido, antessala da conversão de Juan Ramón à arte do Não.

Todo o trabalho que Zenobia havia feito ordenando sabiamente a obra de seu marido, todo esse trabalho de muitos anos, todo esse labor grandioso e paciente de apaixonada fiel até a morte, vem abaixo quando Juan Ramón revolve tudo, desesperado, e o atira ao chão e o pisoteia com fúria. Com a morte de Zenobia, não lhe interessa nada mais de sua obra. Cairá, a partir desse dia, em um silêncio literário absoluto, nunca mais escreverá. Agora viverá apenas para pisotear profundamente, como um animal ferido, a própria obra. Agora viverá apenas para dizer ao mundo que somente lhe interessou escrever porque Zenobia vivia. Com sua morte, tudo está morto. Nem mais uma única linha, apenas silêncio animal como fundo. E do fundo do fundo uma inesquecível frase de Juan Ramón — não sei quando ele disse isso, mas o certo é que disse — para a história do Não: "Minha melhor obra é o arrependimento por minha obra".

55

Lembram-se de como era o riso de Odradek, o objeto mais objetivo que Kafka colocou em sua obra? O riso de Odradek era como "o sussurro das folhas caídas". E lembram-se de como era o riso de Kafka? Gustav Janouch, em seu livro de entrevistas com o escritor de Praga, diz-nos que este ria "dissimuladamente dessa maneira tão sua, tão própria, que lembrava o tênue rangido do papel".

Agora não posso me demorar comparando a canção de ninar de Zenobia com o riso de Kafka ou com o de sua criatura Odradek, porque algo acaba de chamar com urgência minha atenção, e é essa advertência feita por Kafka a Felice Bauer de que, caso se casasse com ela, ele poderia transformar-se em um artista dominado pela pulsão negativa, em um cão, para ser mais exato, em um animal eternamente condenado ao mutismo: "Meu verdadeiro medo consiste em que jamais poderei possuí-la. Que, no melhor dos casos, ficarei limitado, como um cão inconscientemente fiel, a beijar sua mão, que, distraidamente, terá deixado a meu alcance, o que não será, de minha parte, um sinal de amor, e sim um sinal de desespero do animal *eternamente condenado ao mutismo* e à distância".

Kafka sempre consegue surpreender-me. Hoje, neste primeiro domingo de agosto, domingo úmido e silencioso, Kafka de novo conseguiu inquietar-me e exigiu com grande urgência minha atenção ao sugerir-me em seu escrito que essa história de se casar implica uma condenação ao mutismo, a engrossar as filas do Não e, o que é mais espantoso, a ser um cão.

Tive de interromper, há pouco, meu diário, porque fui acometido por uma forte dor de cabeça, pelo mal de Teste, como diria Valéry. É muito provável que o súbito aparecimento dessa dor seja devido ao *exercício de atenção* a que me submeteu Kafka com sua teoria inesperada sobre a arte do Não.

Não será excessivo lembrar aqui que Valéry nos deu a entender que o mal de Teste se relaciona de algum modo muito complexo com a faculdade intelectual da atenção, o que não deixa de ser uma intuição notável.

É possível que o exercício de atenção que me levou a evocar a figura de um cão tenha tido a ver com meu mal de Teste. Recuperado dele, penso em minha dor já superada e digo a mim mesmo que se vive uma sensação muito prazerosa quando o mal desaparece, pois então se assiste de novo a uma representação do dia em que, pela primeira vez, nós nos sentimos vivos, estivemos conscientes de que éramos um ser humano, nascido para a morte, mas vivo naquele instante.

Depois de todo o tempo em que fui prisioneiro da dor, não consegui deixar de pensar em um texto de Salvador Elizondo que li há tempos e no qual o escritor mexicano fala do mal de Teste e desse gesto, às vezes inconsciente, de levar a mão à têmpora, reflexo anódino do paroxismo.

Desaparecida a dor, procurei em meus arquivos o velho texto de Elizondo e o reli. Pareceu-me — após uma leitura totalmente nova — encontrar uma interpretação do mal de Teste que se poderia aplicar perfeitamente à própria história da irrupção do mal, da enfermidade, da pulsão negativa da única tendência atraente da literatura contemporânea. Falando-nos da enxaqueca, do machado ardente em nossa cabeça, Elizondo sugere que a dor transforma nossa mente num teatro e chega a nos dizer que aquilo que parece uma catástrofe é uma dança, uma delicada construção da sensibilidade, uma forma especial da música ou da matemática, um rito, uma iluminação ou uma cura e, evidentemente, um mistério que pode ser esclarecido somente com a ajuda do dicionário de sensações.

Tudo isso pode ser aplicado ao aparecimento do mal na literatura contemporânea, pois a enfermidade não é catástrofe, e sim dança, da qual já poderiam estar surgindo novas construções da sensibilidade.

56

Hoje, segunda-feira, quando o sol saiu esta manhã, lembrei-me de Michelangelo Antonioni, que um dia teve a ideia de realizar um filme enquanto contemplava "a maldade e a grande capacidade irônica", disse, "do sol".

Pouco antes de sua decisão de contemplar o sol, rondaram a cabeça de Antonioni estes versos (dignos de qualquer ramo nobre da arte da negativa) de MacNeice, o grande poeta de Belfast, hoje meio esquecido: "Pensai em um número,/ duplicai-o, triplicai-o,/ elevai-o ao quadrado. E cancelai-o".

Desde o primeiro momento Antonioni compreendeu que esses versos podiam ser transformados no núcleo de um filme dramático, mas com toques ligeiramente humorísticos. Depois pensou em outra citação — esta de Bertrand Russell —, também carregada de certo acento cômico: "O número dois é uma entidade metafísica de cuja existência nunca estaremos realmente certos nem de que a tenhamos individualizado".

Tudo isso levou Antonioni a pensar em um filme que se chamaria *O eclipse*, que falaria de quando os sentimentos de um casal se detêm, ficam eclipsados (como, por exemplo, ficam eclipsados os escritores que de repente abandonam a literatura), e toda sua antiga relação se desvanece.

Como naqueles dias fora anunciado um eclipse total do sol, ele foi para Florença, onde viu e filmou o fenômeno e escreveu em seu diário: "O sol se foi. De repente, gelo. Um silêncio diferente dos outros silêncios. E uma luz diferente de todas as outras luzes. E, em seguida, a escuridão. Sol negro de nossa cultura. Imobilidade total. Tudo que consigo pensar é que durante o eclipse provavelmente também os sentimentos se detenham".

No dia em que *O eclipse* estreou, ele disse ter ficado para sempre com a dúvida de se não deveria ter iniciado seu filme com estes versos de Dylan Thomas: "Alguma certeza deve existir,/ se não de amar, ao menos de não amar".

Para mim, rastreador do Não e dos eclipses literários, parece que os versos de Dylan Thomas são bem fáceis de modificar: "Alguma certeza deve existir,/ se não de escrever, ao menos de não escrever".

57

Lembro-me muito bem de Luis Felipe Pineda, um companheiro de colégio, como também me lembro de seu "arquivo de poemas abandonados".

Sempre me lembrarei de Pineda na tarde gloriosa de fevereiro de 1963 em que, desafiador e dândi, como que procurando transformar-se no ditador da moda e da moral escolar, entrou na classe com a bata não completamente abotoada.

Odiávamos em silêncio os uniformes e sobretudo ir abotoados até o pescoço, de modo que um gesto tão ousado como aquele foi importante para todos, especialmente para mim, que descobri, além disso, algo que seria importante em minha vida: a informalidade.

Sim, aquele gesto ousado de Pineda permaneceu gravado em minha memória para sempre. Para piorar, nenhum professor interveio no assunto, ninguém se atreveu a repreender Pineda, o recém-chegado, "o novo", como o chamávamos, porque havia entrado no colégio na metade do curso. Ninguém o castigou, e isso confirmou o que já se havia transformado em um clamoroso segredo: a distinta família de Pineda, com seus donativos exagerados, gozava de um ótimo conceito na cúpula diretiva da escola.

Naquele dia Pineda entrou na aula — estávamos no segundo grau — propondo um novo modo de usar a bata e a disciplina, e todos nós ficamos maravilhados, muito especialmente eu, que, após aquele ousado gesto, fiquei meio fascinado, achava Pineda bonito, distinto, moderno, inteligente, atrevido e — o que talvez fosse o mais importante de tudo — com maneiras estrangeiras.

No dia seguinte confirmei que ele era distinto em tudo. Estava olhando para ele meio de esguelha quando me pareceu observar que em seu rosto havia algo muito especial, uma expressão estranhamente segura e inteligente: inclinado sobre o trabalho com atenção e caráter, não parecia um aluno fazendo seus deveres, e sim um pesquisador dedicado a seus próprios problemas. Era, por outro lado, como se naquele rosto houvesse algo feminino. Durante um instante não me pareceu nem masculino nem infantil, nem velho, nem jovem, mas milenar, fora do tempo, marcado por outras idades diferentes das que tínhamos.

Disse a mim mesmo que eu tinha de me transformar em sua

sombra, ser seu amigo e me contagiar com sua distinção. Uma tarde, ao sair da escola, esperei que todos os outros se dispersassem e, vencendo como pude minha timidez e meu complexo de inferioridade (provocado essencialmente pela corcunda, que fazia com que todos os colegas me conhecessem familiarmente como o corcunda), aproximei-me de Pineda e lhe disse:

— Vamos juntos?
— Por que não? — disse reagindo com naturalidade e mesura, e até me pareceu que de forma afetuosa.

Pineda era o único da classe que jamais me chamava de corcunda ou geboso, o que ainda era pior. Sem que eu perguntasse por que essa delicadeza comigo, esclareceu-me ao dizer de repente — nunca me esquecerei daquelas palavras — em tom firme e excessivamente seguro de si mesmo:

— Ninguém merece mais meu respeito do que aquele que sofre de alguma deficiência física.

Falava como um adulto ou, melhor dizendo, muito melhor do que um adulto, já que o fazia com nobreza e sem disfarces. Até então ninguém havia falado comigo daquela forma e lembro que fiquei um momento em silêncio e ele também, até que de repente me perguntou:

— Que tipo de música você ouve? Está atualizado?

Depois de perguntar isso, ele riu e o fez de maneira inesperadamente vulgar, como se fosse um príncipe falando com um camponês e se esforçasse para se parecer com este.

— E o que é, para você, estar atualizado? — perguntei.
— Não estar antiquado, simplesmente. E então, diga-me, você tem lido?

Não podia responder-lhe a verdade porque faria ridículo, minhas leituras eram um desastre, de que eu era mais ou menos consciente, como era também de que me convinha que alguém me desse uma ajuda nesse departamento. Não podia dizer-lhe a verdade sobre minhas leituras porque então teria de explicar-lhe que andava procurando amor e que por isso lia *O diário de Daniel*, de Michel Quoist. Quanto à música, a mesma coisa: não podia dizer-lhe que ouvia principalmente Mari Trini, já que gostava das letras de suas canções: "E quem, em seus quinze anos, não deixou seu corpo abraçar? E quem não escreveu um poema fugindo de sua solidão?".

— Escrevo poesia de vez em quando — disse, escondendo que às vezes a escrevia inspirado em temas de Mari Trini.

— E que tipo de poesia?

— Ontem escrevi um poema que intitulei "Soledad a la intemperie".

Voltou a rir como se fosse um príncipe falando com um camponês e se esforçasse para ser um pouco como este.

— Eu nunca termino os poemas que escrevo — disse ele. — E tem mais, nunca passo do primeiro verso. Agora, isso sim, tenho, no mínimo, cinquenta escritos. Ou seja, cinquenta poemas abandonados. Se quiser, venha agora a minha casa e lhe mostro. Não os termino, mas, mesmo supondo que os concluísse, nunca falariam da solidão, a solidão é para adolescentes ridículos e acanhados, não sei se você sabia disso. A solidão é um lugar-comum. Venha a minha casa e lhe mostrarei o que escrevo.

— E agora me fale, por que não termina os poemas? — eu lhe perguntava, uma hora mais tarde, já em sua casa.

Estávamos os dois a sós em seu espaçoso quarto, eu ainda impressionado pelo primoroso tratamento que acabava de receber dos não menos primorosos pais de Pineda.

Não me respondeu, parecia ausente, olhava na direção da janela fechada que pouco depois abriria para que pudéssemos fumar.

— Por que não termina os poemas? — tornei a perguntar.

— Veja — disse-me por fim, reagindo —, agora vamos, eu e você, fazer uma coisa. Vamos fumar. Você fuma?

— Sim — disse, mentindo, pois fumava, mas um cigarro por ano.

— Vamos fumar e, depois, se não tornar a perguntar por que não os termino, mostrarei meus poemas para ver o que acha deles.

Tirou de uma gaveta de sua escrivaninha papel de cigarro e fumo e começou a enrolar um cigarro, depois outro. Em seguida abriu a janela e começamos a fumar, em silêncio. De repente, foi até o toca-discos e colocou uma música de Bob Dylan, música importada diretamente de Londres, comprada na única loja de Barcelona — disse ele — em que vendiam discos estrangeiros. Lembro-me muito bem do que vi, ou pensei ter visto, enquanto ouvíamos Bob Dylan. Ele então mergulhou completamente em si mesmo, lembro-me de pensar, trêmulo, ao vê-lo mais ausente que alguns minutos antes, os olhos fechados, muito concentrado na música. Nunca me havia sentido tão só e até cheguei a pensar que aquele podia me servir como assunto para um novo poema.

O mais estranho viria depois, quando vi que na verdade ele mantinha os olhos abertos; estavam fixos, não olhavam, não viam; estavam voltados para dentro, para uma remota distância. Teria jurado que ele era estrangeiro em tudo, mais estrangeiro que os discos que ouvia e mais original que Bob Dylan, que a mim, por outro lado — e falei isso a ele —, não conseguia convencer.

— O problema é que você não entende a letra — disse.

— E você entende?

— Não, mas justamente não entendê-la é melhor para mim, porque assim posso imaginá-la, e isso até me inspira versos, primeiros versos de poemas que nunca termino. Quer ver meus poemas?

Tirou, da mesma gaveta da qual havia tirado o fumo, uma pasta azul que continha uma grande etiqueta em que se podia ler: "Arquivo de poemas abandonados".

Lembro-me muito bem das cinquenta folhas em que havia escrito com tinta vermelha os poemas que abandonava, poemas que, de fato, jamais passavam do primeiro verso; lembro-me muito bem de algumas dessas folhas de um único verso:

Amo o *twist* de minha sobriedade.

Seria fantástico ser como os outros.

Não vou dizer que um sapo seja.

Tudo aquilo me impressionou muito. Pareceu-me que Pineda fora preparado por seus pais para triunfar, era muito adiantado e original em tudo e, além disso, sobrava-lhe talento. Eu estava muito impressionado (e queria ser como ele), mas tentei fazer com que ele não percebesse tudo isso e adotei um gesto quase de indiferença, ao mesmo tempo que lhe sugeria que faria bem se ocupando de terminar aqueles poemas. Ele sorriu com grande suficiência e me disse:

— Como se atreve a me dar conselhos? Eu gostaria de saber o que é que você lê, lembre que ainda não me disse. Acho que você lê gibis, o *Capitán Trueno* e tudo isso, ande, fale a verdade.

— Antonio Machado — respondi, sem tê-lo lido, só gravei esse nome porque íamos estudá-lo.

— Que horror! — exclamou Pineda. — Monotonia da chuva na vidraça. Os colegiais estudam...

Foi até a biblioteca e voltou com um livro de Blas de Otero, *Que trata de España*.

— Tome — disse. — Isto é poesia.

Ainda guardo esse livro, porque não o devolvi, foi um livro fundamental em minha vida.

Depois, mostrou-me sua ampla coleção de discos de jazz, quase todos importados.

— O jazz também lhe inspira versos? — perguntei.

— Sim. Quer apostar que em menos de um minuto eu componho um?

Colocou uma música de Chet Baker — que, a partir daquele dia, passaria a ser meu intérprete favorito — e permaneceu durante alguns segundos totalmente concentrado; de novo, com os olhos voltados para dentro, para uma remota distância. Passados esses segundos, como se estivesse em transe, pegou uma folha e, com a esferográfica vermelha, anotou:

Jeová enterrado e Satanás morto.

Conseguiu me deixar fascinado. E essa fascinação iria num crescendo ao longo de todo aquele curso. Transformei-me, tal como havia desejado, em sua sombra, em seu fiel escudeiro. Eu não podia me sentir mais orgulhoso de ser visto como o amigo de Pineda. Alguns até deixaram de me chamar de corcunda. Aquele ano do segundo grau está ligado à lembrança da imensa influência que ele exerceu sobre mim. A seu lado aprendi uma infinidade de coisas, mudaram meus gostos literários e musicais. Dentro de minhas lógicas limitações, até me sofistiquei. Os pais de Pineda como que me adotaram. Comecei a ver minha família como um conjunto infeliz e vulgar, o que me causou problemas: ser, por exemplo, tachado de "ridículo filhinho de papai" por minha mãe.

No ano seguinte, deixei de ver Pineda. Por motivos profissionais de meu pai, minha família transferiu-se para Gerona, onde passamos alguns anos, e lá fiz o pré-universitário. Ao voltar a Barcelona, matriculei-me em filosofia e letras, convencido de que ali reencontraria Pineda, mas ele, para minha surpresa, matriculou-se em direito. Eu escrevia cada vez mais versos, fugindo de minha solidão. Certo dia, em uma assembleia geral de estudantes, localizei Pineda, fomos comemorar em um bar da praça de Urquinaona. Vivi aquele reencontro com a sensação de estar vivendo um grande acontecimento. Da mesma forma que nos primeiros dias de nossa amizade, meu coração disparou, vivi tudo aquilo de novo como se estivesse desfrutando de um grande privilégio: a imensa sorte e felicidade de estar em companhia daquele pequeno gênio, eu não tinha dúvidas de que um grande futuro o esperava.

— Continua escrevendo poemas de um único verso? — perguntei-lhe, para perguntar algo.

Pineda tornou a rir como antes, como um príncipe de um conto medieval que estivesse entrando em contato com um camponês e se esforçasse em rebaixar-se para se parecer com este. Lembro muito bem que tirou de seu bolso papel de cigarro e se pôs a escrever, sem pausa alguma, um poema completo — do qual curiosamente lembro apenas o primeiro verso, sem dúvida impressionante: "a estupidez não é meu forte" —, que pouco depois transformou em um cigarro que fumou tranquilamente, quer dizer, fumou seu poema.

Quando terminou de fumar, olhou-me, sorriu e disse:

— O importante é escrevê-lo.

Pensei ver uma elegância sublime naquela sua maneira de fumar o que criava.

Disse-me que estudava direito porque filosofia era uma carreira apenas para moças e monjas. E, dito isso, desapareceu, deixei de vê-lo por muito tempo, por muitíssimo tempo, ou melhor, às vezes o via, mas sempre em companhia de novos amigos, o que dificultava a relação, a maravilhosa intimidade que havíamos tido em outros tempos. Um dia fiquei sabendo, por meio de outros, que ele pretendia estudar para tabelião. Não o vi durante muitos anos, reencontrei-o no final dos anos 80, quando eu menos esperava. Havia se casado, tinha dois filhos, apresentou-me a sua mulher. Havia se transformado em um respeitável tabelião que, após muitos anos de peregrinação por povoados e cidades da Espanha, conseguira chegar a Barcelona, onde acabava de abrir um escritório. Achei que estava mais bonito do que nunca, agora com as têmporas prateadas, e que conservava o porte de distinção que tanto o diferenciava do restante do mundo. Apesar do tempo transcorrido, de novo meu coração disparou por estar diante dele. Apresentou-me a sua mulher, uma gorda horrível, mais parecida com uma camponesa da Transilvânia. Ainda não tinha saído de minha surpresa quando o tabelião Pineda me ofereceu um cigarro, que aceitei.

— Não será um de seus poemas? — disse-lhe com um olhar de cumplicidade, ao mesmo tempo que olhava também para aquela gorda infame que nada tinha a ver com ele.

Pineda sorriu para mim como outrora, como se fosse um príncipe disfarçado.

— Vejo que continua tão brilhante como no colégio — disse-me. — Já sabe que sempre o admirei muito? Você me ensinou uma barbaridade de coisas.

Meu coração se contraiu como que invadido por uma repentina mistura de estupor e frio.

— Meu menino sempre fala muito bem de você — intercedeu a gorda, com uma vulgaridade mais que esmagadora. — Disse que era a pessoa que mais sabia de jazz no mundo.

Contive-me, porque tinha vontade de chorar. O menino devia ser Pineda. Imaginei-o toda manhã entrando no banheiro atrás dela e esperando que subisse na balança. Imaginei-o ajoelhando junto dela com papel e lápis. O papel estava cheio de datas, dias da semana, números. Lia o que marcava a balança, consultava o papel e assentia com a cabeça ou crispava os lábios.

— Vamos ver em que dia ficamos etc. e tal — disse Pineda, falando como um verdadeiro tolo.

Eu não conseguia sair de meu assombro. Falei do livro de Blas de Otero e disse-lhe que ia devolvê-lo e que me perdoasse pela demora de trinta anos em fazê-lo. Achei que ele não sabia do que eu lhe falava, e nesse momento lembrei-me de Nagel, um personagem de *Mistérios*, de Knut Hamsun, sobre o qual o autor nos diz que era um desses jovens que malogram, morrendo na época da escola porque a alma os abandona.

— Se você vir por aí alguns de seus poetas — disse-me Pineda, talvez querendo ser brilhante, mas com insuportável tom grosseiro —, peço-lhe que não cumprimente nenhum, absolutamente nenhum, de minha parte.

Em seguida franziu o cenho e olhou suas unhas e acabou soltando uma obscena e vulgar gargalhada, como que ensaiando um ar de euforia para tentar dissimular seu profundo abatimento. Abriu tanto a boca que vi estarem lhe faltando quatro dentes.

58

No *Quixote*, entre aqueles que renunciaram à escrita temos o cônego do capítulo XLVIII da primeira parte, que confessa ter escrito "mais de cem folhas" de um livro de cavalaria que não quis continuar porque se deu conta, entre outras coisas, de que não vale a pena esforçar-se e ter de acabar submetido "ao confuso juízo do néscio vulgo".

Mas, como despedidas memoráveis do exercício da literatura, nenhuma é tão bela e impressionante como a do próprio Cervantes. "Ontem me deram a extrema-unção e hoje escrevo isto. O tempo é breve, as ânsias crescem, as esperanças minguam, e, com tudo isso, sobrevivo pelo desejo que tenho de viver." Assim se expressava Cervantes, no dia 19 de abril de 1616, na dedicatória de *Persiles*, a última página que escreveu em sua vida.

Não existe despedida mais bela e emotiva da literatura do que essa que Cervantes escreveu, consciente de que não podia mais escrever.

No prólogo ao leitor, escrito poucos dias antes, já havia manifestado sua resignação perante a morte em termos que jamais seriam os de um cínico, um cético ou um desiludido: "Adeus, graças; adeus, donaires; adeus, jubilosos amigos; que eu vou morrendo e desejando ver-vos em breve contentes na outra vida!".

Esse "Adeus" é o mais surpreendente e inesquecível que alguém já escreveu para despedir-se da literatura.

59

Penso em um tigre que é real como a própria vida. Esse tigre é o símbolo do perigo certo que espreita o estudioso da literatura do Não. Porque pesquisar sobre os escritores do Não leva, por vezes, a desconfiar das palavras, corre-se o perigo de reviver — penso agora, em 3 de agosto de 1999 — a crise de lorde Chandos quando viu que as palavras eram um mundo em si e *não expressavam a vida*. De fato, o risco de reviver a crise do personagem de Hofmannsthal pode sobrevir a alguém sem que haja necessidade de sequer se estar lembrando do atormentado lorde.

Agora penso no que houve com Borges quando, ao se dispor a abordar a escrita de um poema sobre o tigre, começou a procurar em vão, para além das palavras, o outro tigre, o que se acha na selva — na vida real — e não no verso: "... o tigre fatal, joia nefasta/ Que, sob o sol ou a diversa lua,/ Vai cumprindo em Sumatra ou em Bengala/ Sua rotina de amor, de ócio e de morte".

Ao tigre dos símbolos Borges opõe o verdadeiro, o de sangue quente:

O que dizima uma tribo de búfalos
E hoje, 3 de agosto de 59,
Estende sobre o prado uma pausada
Sombra, mas só o fato de nomeá-lo
E de conjeturar sua circunstância
Torna-o ficção da arte e não criatura
Animada entre as que andam pela terra.

Hoje, 3 de agosto de 99, exatamente quarenta anos depois de Borges ter escrito esse poema, penso no outro tigre, aquele que eu também procuro, às vezes em vão, para além das palavras: uma forma de conjurar o perigo, esse perigo sem o qual, por outro lado, estas notas nada seriam.

60

Paranoico Pérez nunca conseguiu escrever um livro, porque, sempre que tinha alguma ideia para um e se dispunha a fazê-lo, Saramago o escrevia antes dele. Paranoico Pérez acabou transtornado. Seu caso é uma variante interessante da síndrome de Bartleby.

— Escute, Pérez, e o livro que estava preparando?
— Não o farei mais. Outra vez Saramago roubou-me a ideia.

Paranoico Pérez é um admirável personagem criado por Antonio de la Mota Ruiz, jovem autor da cidade de Santander que acaba de publicar seu primeiro livro, um volume de contos intitulado *Guía de lacónicos*, obra que passou um tanto despercebida e que, apesar de ser um conjunto irregular de narrativas, não me arrependo de ter comprado e lido, pois ele me trouxe a surpresa e o ar fresco desse conto protagonizado por Paranoico Pérez e que se chama "Iba siempre delante y era extraño, extrañito", o último do volume e provavelmente o melhor, embora seja um conto um tanto desordenado, ou, caso se prefira, bastante imperfeito; mas não é nada descartável, ao menos para mim, a figura desse curioso *bartleby* inventado pelo autor.

O conto transcorre inteiramente na Casa de Saúde de Cascais, no manicômio dessa cidade perto de Lisboa. Na primeira cena vemos o narrador, Ramón Ros — um jovem catalão criado em Lisboa —, passeando tranquilamente com o dr. Gama, a quem foi visitar para fazer uma consulta sobre a "psiconeurose intermitente". De repente, chama a atenção de Ramón Ros a súbita aparição, entre os loucos, de um jovem muito alto, imponente, de olhar vivo e arrogante, que a direção da Casa permite andar disfarçado de senador romano.

— É melhor não contrariá-lo e deixar que ande assim. Coitado! Acredita que está vestido de personagem de um futuro romance — diz o dr. Gama, um tanto enigmático.

Ramón Ros pede que o apresente ao louco.

— Como? Você quer conhecer Paranoico Pérez? — pergunta-lhe o doutor.

Toda a narrativa, toda a história de "Iba siempre delante y era extraño, extrañito", é a transcrição fiel, por parte de Ramón Ros, de tudo o que lhe conta Paranoico Pérez.

"Enfim, ia escrever meu primeiro romance", começa contando-lhe Paranoico, "uma história em que eu estivera trabalhando arduamente e que transcorria inteira, inteirinha, naquele grande convento que há na estrada de Sintra, ia dizer de Sintrita, quando de repente, ante minha absoluta perplexidade, vi um dia, nas vitrinas das livrarias, um livro assinado por um tal Saramago, um livro intitulado *Memorial do convento*, ai, mãe, mãezinha minha..."

Paranoico Pérez, inclinado a incluir diminutivos em tudo o que conta, vai debulhando sua história, explica como ficou gelado, cheio de temores que logo confirmou quando viu que o romance de Saramago era "espantosamente igual, mas igualzinho" àquele que havia planejado escrever.

"Fiquei surpreso", prossegue Paranoico, "bem surpresinho e sem saber o que pensar de tudo aquilo, até que um dia ouvi alguém dizer que às vezes há histórias que nos chegam em forma de voz, uma voz que fala em nosso interior e que não é a nossa, não é a nossazinha. Disse-me que essa era a melhor explicação que pudera encontrar para entender o fato tão insólito que havia ocorrido comigo, disse-me que era muito provável que tudo o que eu havia planejado para meu romance tivesse sido transferido, em forma de voz interior, à mente do sr. Saramago..."

Pelo que vai contando Paranoico Pérez, tomamos conhecimento de que ele, recuperado da crise que lhe sobreveio após o estranho acontecimento, começou a pensar alegremente em outro romance e planejou com minúcias uma história que seria protagonizada por Ricardo Reis, o heterônimo de Fernando Pessoa. Naturalmente, foi grande a surpresa de Paranoico quando, ao se dispor a redigir sua história, apareceu nas livrarias *O ano da morte de Ricardo Reis*, o novo romance de Saramago.

"Ia sempre adiante e era estranho, estranhozinho", comenta Paranoico com o narrador, referindo-se, é claro, a Saramago. E pouco depois lhe conta que, quando dois anos mais tarde apareceu *A jangada de pedra*, ele ficou petrificado diante do novo livro de Saramago, pois se lembrou de que tivera, fazia tão somente uns dias, um sonho e posteriormente uma ideia muito parecida, parecidinha, com a que se desenrolava naquele novo livro do escritor que tinha o mau hábito de antecipar-se daquela forma tão insistente e esquisita, tão esquisitinha.

Os amigos de Paranoico começaram a rir dele e a dizer-lhe que procurasse desculpas mais convincentes para justificar por que não escrevia. Seus amigos passaram a chamá-lo de paranoico quando ele os acusou de dar informação a Saramago. "Nunca mais vou lhes contar nenhum dos planos que eu tenha para escrever um romance. Depois, vocês vão e contam tudo a esse Saramago", disse-lhes. E eles, é claro, riam.

Um dia, Paranoico, vencendo sua timidez, escreveu uma carta a Saramago em que, depois de se interessar pelo tema de seu próximo romance, concluía advertindo-o de que pensava em tomar sérias medidas assassinas se seu livro seguinte transcorresse, como o que ele já havia pensado, na cidade de Lisboa. Quando apareceu *História do cerco de Lisboa*, o novo romance de Saramago, Paranoico pensou que estivesse louco e, em protesto contra Saramago, plantou-se diante da casa deste vestido de senador romano. Em uma das mãos levava uma faixa na qual manifestava sua grande satisfação por ter se transformado em um personagem vivo daquele que seria o romance seguinte de Saramago. Porque Paranoico, que acabava de imaginar uma história sobre a decadência do Império Romano, estava convencido de que Saramago já lhe havia roubado a ideia e escreveria sobre o mundo dos senadores daquela Roma agonizante.

Vestido como personagem do futuro romance de Saramago, Paranoico queria apenas demonstrar ao mundo que conhecia perfeitamente o romance secreto que Saramago estava preparando.

— Já que não me deixa escrever — disse a alguns jornalistas que se interessaram por seu caso —, ao menos que me deixe ser um personagem vivo de seu futuro romance.

"Colocaram-me em um manicômio", contou Paranoico a

Ramón Ros, "que se há de fazer? Não acreditam em mim, acreditam em Saramago, que é mais importante. Assim é a vida."

Paranoico comenta isso, e a narrativa começa a chegar ao fim. Cai a noite, diz-nos o narrador. É uma noite única, esplêndida. A lua estava localizada de tal modo sobre os arcos do jardim da Casa de Saúde que bastaria esticar a mão para pegá-la. O narrador põe-se a olhar a lua e acende um cigarro. Os enfermeiros começam a levar Paranoico. Ao longe, fora da Casa de Saúde, ouve-se o latido de um cão. O narrador, sem nenhuma relação — parece-me —, lembra-se daquele rei da Espanha que morreu uivando para a lua.

Portanto, Paranoico revela outro caso de síndrome de Bartleby. Aquela de que sofre o mesmíssimo Saramago.

"Embora não seja vingativo", conclui Paranoico, "sinto uma alegria infinita ao ver que, desde que lhe deram o prêmio Nobel, já conta com catorze doutorados honoris causa e ainda o esperam muitos mais. Isso o mantém tão ocupado que não escreve mais nada, renunciou à literatura, tornou-se um ágrafo. Fico muito satisfeito de ver que, ao menos, fez-se justiça e souberam castigá-lo…"

61

A melancolia da escrita do Não refletindo-se nada menos que nas xícaras de chá, junto à luminária na casa de Álvaro Pombo, em Madri.

Pode-se ler em sua dedicatória de *La cuadratura del círculo*: "A Ernesto Calabuig como recordação das mil e tantas páginas que com todo o esmero escrevemos, reescrevemos e atiramos à lixeira, e que agora, com esse ar luminoso de perpetuidade satisfeita, neste repentinamente invernal entardecer de meados de junho em Madri, reflete-se nas xícaras de chá, junto à luminária".

De repente, a melancolia da escrita do Não refletiu-se em uma das gotas de cristal do lustre do teto de meu estúdio, e minha própria melancolia ajudou-me a ver refletida nela a imagem do último escritor, daquele com quem desaparecerá — porque, cedo ou tarde, isso há de ocorrer —, sem que ninguém possa presenciá-lo, o pequeno mistério da literatura. Naturalmente, esse último escritor, goste ou não, será escritor do Não. Pensei vê-lo há poucos instantes. Guiado pela estrela de minha própria melancolia, vi-o ouvindo calar em si mesmo essa palavra — a última de todas — que morrerá para sempre com ele.

62

Esta manhã chegaram-me notícias do sr. Bartolí, meu chefe. Adeus escritório, despediram-me.

À tarde, imitei Stendhal quando se dedicava a ler o Código Civil para conseguir depurar seu estilo.

À noite, decidi dar certo descanso a minha exagerada, porém totalmente proveitosa, reclusão dos últimos tempos. Pensei que um pouco de vida mundana podia cair-me bem. Levei a mim mesmo ao restaurante Siena da rua Muntaner e levei comigo o *Diário* de Witold Gombrowicz. Pouco depois de entrar, avisei à garçonete que, se um tal de QuaseWatt telefonasse perguntando por mim, dissessem que eu não estava.

Enquanto esperava o primeiro prato, saboreei alguns fragmentos, que eu já conhecia bem, do *Diário* de Gombrowicz. Dentre todos eles, o que tornou a encantar-me foi aquele em que ri do *Journal* de Léon Bloy, quando este anota que foi acordado de madrugada por um grito terrível como que vindo do infinito. "Convencido", escreve Bloy, "de que era o grito de uma alma condenada, caí de joelhos e me concentrei em uma fervorosa oração." Gombrowicz acha absolutamente ridículo esse Bloy de joelhos. E acha-o ainda mais ridículo quando vê que, no dia seguinte, ele escreve: "Já sei de quem era aquela alma. Os jornais informam que ontem morreu Alfred Jarry, justamente na mesma hora e no mesmo minuto em que ouvi aquele grito...".

Para Gombrowicz, as coisas ridículas não terminam aqui, pois descobre outra, que vem completar o quadro de esquisitice de toda essa sequência imbecil do *Journal* de Bloy. "E, ainda por cima", conclui Gombrowicz, "o ato ridículo de Jarry, que, para vingar-se de Deus, pediu um palito e morreu limpando os dentes."

Estava lendo isso quando me trouxeram o primeiro prato e, ao levantar os olhos do livro, meu olhar topou com um freguês imbecil que nesse momento palitava os dentes. Isso me desagradou enormemente, mas o que veio em seguida pareceu-me ainda pior, pois comecei a ver como as mulheres que estavam jantando na mesa ao lado enfiavam em seus orifícios bucais pedaços de carne morta e o faziam como se para elas se tratasse de um autêntico sacrifício. Que horror! Para piorar, os homens, por sua vez, como se tivessem se tornado transparentes, deixavam à mostra, apesar de estarem metidas em enormes calças, suas panças, deixavam à mostra o interior delas no exato momento em que eram alimentadas pelos asquerosos órgãos de seus aparelhos digestivos.

Tudo isso me desgostou muito e pedi a conta, disse que acabava de lembrar que tinha um encontro marcado com o sr. QuaseWatt e que não podia esperar o segundo prato. Paguei, saí para a rua, já em casa, por alguns momentos, dei para pensar que às vezes meu humor é como alguns climas, quente à tarde e frio à noite.

63

Em todas as histórias há sempre algum personagem que, por motivos às vezes um tanto obscuros, parece-nos irritante, não lhe temos exatamente antipatia, mas fica marcado e não sabemos muito bem por quê. Agora devo confessar que em toda a história do Não encontro muito poucos personagens que me causam antipatia, e se causam é muito pouca. No entanto, se uma pessoa me obrigasse a dar o nome de alguém com o qual de vez em quando, ao ler algo sobre ele, engasgo, não duvidaria em dar o nome de Wittgenstein. E tudo por culpa dessa sua frase que se tornou tão célebre e que, desde o início da redação destas notas, tenho certeza, cedo ou tarde, serei impelido a comentar.

Desconfio dessas pessoas sobre as quais todo o mundo concorda em qualificar como inteligentes. Sobretudo se, como acontece no caso de Wittgenstein, a frase mais citada dessa pessoa tão inteligente não me parece que seja precisamente uma frase inteligente.

"Sobre o que não se pode falar, é preciso calar", disse Wittgenstein. É evidente que é uma frase que merece um lugar de honra na história do Não, mas não sei se esse lugar não é o do ridículo. Porque, como diz Maurice Blanchot, "o demasiado célebre e batido preceito de Wittgenstein indica efetivamente que, se ao enunciá-lo pôde impor silêncio a si mesmo, para calar é preciso, definitivamente, falar. Mas, com que espécie de palavras?" Se Blanchot soubesse espanhol, poderia dizer simplesmente que para tal viagem não é preciso tanta bagagem.

Por outro lado, Wittgenstein impôs realmente silêncio a si mesmo? Falou pouco, mas falou. Empregou uma metáfora muito estranha ao dizer que se algum dia alguém escrevesse em um livro as verdades éticas, expressando com frases claras e comprováveis o que é o bem e o que é o mal em um sentido absoluto, esse livro provocaria algo como uma explosão de todos os outros livros, fazendo-os arrebentar em mil pedaços. É como se ele mesmo estivesse desejando escrever um livro que eliminasse todos os demais. Bendita ambição! Já existe o precedente das Tábuas da Lei de Moisés, cujas linhas se revelaram incapazes de comunicar a grandeza de sua mensagem. Como diz Daniel A. Attala em um artigo que acabo de ler, o livro ausente de Wittgenstein, o livro que ele queria escrever para acabar com todos os outros livros que foram escritos, é um livro impossível, pois o simples fato de existirem milhões de livros é a prova inegável de que nenhum contém a verdade. E, além do mais — digo a mim mesmo agora —, que horror se só existisse o livro de Wittgenstein e tivéssemos de acatar agora sua lei. Eu, se me permitissem escolher, preferiria, na suposição de que tivesse de existir um único livro, mil vezes um dos dois que escreveu Rulfo àquele que, graças a Moisés, Wittgenstein não escreveu.

64

Confesso minha fraqueza por esse livro admirável, escrito há alguns anos por Marcel Maniere, o único que escreveu e que traz o estranho título — nunca se saberá por que o intitulou assim — de *Inferno perfumado*.

É um opúsculo envenenado no qual Maniere engana todos desde o primeiro momento. A primeira impostura aparece já na primeira frase do livro, quando diz que não sabe como começar — e na verdade sabe perfeitamente como deve fazê-lo —, o que segundo ele o leva a começar dizendo quem é (risível pensar que ainda hoje não se conhece Marcel Maniere, e que a única coisa com que todos estão de acordo é que não é verdade, como ele afirma nessa primeira frase, que é um escritor pertencente ao OuLiPo, isto é, ao *Ouvroir de Littérature Potentielle*, Oficina de Literatura Potencial, movimento ao qual pertenciam, entre outros, Perec, Queneau e Calvino).

"Se não sei como começar, direi que me chamo Marcel Maniere e que faço parte do OuLiPo, e que agora sinto um profundo alívio de ver que já posso passar à segunda frase, que é sempre menos comprometedora que a primeira, que é sempre a mais importante de qualquer livro, pois na primeira, como se sabe, o máximo esmero sempre é pouco." Primeira impostura do tal Maniere ou impostura tripla, porque, como eu disse, nem é verdade que não saiba como começar nem o é que pertença ao grupo literário ao qual diz pertencer, e, além disso, não se chama Marcel Maniere.

Após a tripla impostura inicial, sucedem-se, em ritmo vertiginoso, novas imposturas, uma por capítulo. Marcel Maniere parodia a literatura do Não fazendo-se passar por um radical desativador do poderoso mito da escrita. No primeiro capítulo, por exemplo, louva os méritos da comunicação não verbal em relação à escrita. No segundo, declara-se fervoroso discípulo de Wittgenstein e ataca impiedosamente a linguagem cobrindo de descrédito as palavras, sobre as quais diz que jamais nos serviram para comunicar qualquer coisa. No terceiro, preconiza o silêncio como valor supremo. No quarto, elogia a vida, que considera muito acima da mesquinha literatura. No quinto, defende a teoria de que a palavra "não" é consubstancial com a paisagem da poesia e diz que é a única palavra que tem sentido e, portanto, merece todo o respeito.

De repente Maniere, quando todos já acreditamos que sonha em acabar com a literatura, borra com lágrimas o sexto capítulo e nos confessa, de forma que nos enche de vergonha pelo alheio, que na verdade sempre sonha com uma obra de teatro escrita por ele e na qual daria, sem descanso algum, uma contínua exibição de seu imenso talento.

"Como para mim é impossível", diz, "por absoluta falta de talento, escrever essa sonhada obra de teatro, a seguir ofereço ao leitor a única obrazinha que fui capaz de compor. Trata-se de uma absurda obra de teatro do absurdo mais absurdo, uma obra muito breve em que nem uma única palavra (do mesmo modo que acontece ao longo deste opúsculo que está terminando de ler o amável leitor) é minha, nenhuma. Para representar esta obra são necessários dois atores, um no papel do Não e outro no papel do Sim. Minha máxima ilusão seria vê-la algum dia como abertura de A *cantora careca* naquele teatro de Paris onde, há uma eternidade, se representa, noite após noite, a obra de Ionesco."

A obrazinha — que o sarcástico Maniere qualifica de "entreato" — não dura nem quatro minutos e consiste em um diálogo entre dois personagens. Um deles, o Não, supõe-se que seja Reverdy, o outro, o Sim, Cioran. Há apenas uma intervenção por parte de cada um, e depois a obrazinha termina, e com ela o tal Maniere conclui o opúsculo e se despede de todos dizendo que, do mesmo modo que a literatura — neste ponto já é impossível acreditar em uma única palavra dele —, ele se sente próximo da destruição e da morte.

O diálogo entre o Não e o Sim é este:

NÃO: Tudo já foi dito — sobre o que era importante e simples de dizer — nos milênios em que os homens passaram pensando e se esforçando. Já foi dito tudo sobre o que era profundo em relação à elevação do ponto de vista, isto é, abrangente e extenso ao mesmo tempo. Hoje em dia, só nos cabe repetir. Só restam alguns poucos detalhes ínfimos ainda inexplorados. Ao homem atual só resta a tarefa mais ingrata e menos brilhante, a de preencher os vazios com uma algaravia de detalhes.

SIM: Sim? Que tudo já foi dito, que não há nada a dizer,

sabe-se, percebe-se. Mas o que menos se percebe é que essa evidência confere à linguagem um estatuto estranho, até inquietante, que a redime. As palavras salvaram-se, afinal, porque deixaram de viver.

Na primeira vez em que li o opúsculo de Maniere, minha reação ao terminá-lo foi pensar, e continuo pensando isso, que *Inferno perfumado* é, por seu caráter de paródia, o *Quixote* da literatura do Não.

65

Na galáxia teatral do Não destaca-se, com luz própria, ao lado da obrazinha de Maniere, *El no*, a última peça teatral escrita por Virgilio Piñera, o grande escritor cubano.

Em *El no*, obra estranha e até há muito pouco tempo inédita — foi publicada no México pela editora Vuelta —, Piñera nos apresenta um casal de namorados que decidem *não* se casar jamais.

O princípio essencial do teatro de Piñera foi sempre apresentar o trágico e o existencial por meio do cômico e do grotesco. Em *El no* leva até as últimas consequências seu sentido do humor mais ácido e subversivo: o *não* do casal — em óbvia oposição ao tão batido "sim" dos casamentos cristãos — outorga-lhe uma consciência minúscula, uma diferença culpada.

No exemplar que possuo, o prefaciador, Ernesto Hernández Busto, comenta que, com um magistral jogo irônico, Piñera coloca os protagonistas da tragédia cubana em uma representação da hybris às avessas: se os clássicos gregos concebiam um castigo divino para o exagero das paixões e para o afã dionisíaco do excesso, em *El no* os personagens principais "passam dos limites" no sentido oposto, violam a ordem estabelecida a partir do extremo contrário ao do desenfreio carnal: um ascetismo apolíneo é o que os transforma em *monstros*.

Os protagonistas da obra de Piñera dizem *não*, negam-se categoricamente ao *sim* convencional. Emília e Vicente praticam uma negativa obstinada, uma ação mínima que, no entanto, é a única coisa que possuem para poder ser diferentes. Sua negativa coloca em funcionamento o mecanismo justiceiro da lei do *sim*, representado primeiro pelos pais e depois por homens e mulheres anônimos. Pouco a pouco, a ordem repressiva da família vai se ampliando ao ponto em que, no fim, intervém até mesmo a polícia, que se dedica a uma "reconstrução dos fatos" que terminará com a declaração de culpabilidade dos noivos que se negam a se casar. No fim, decreta-se o castigo. É um desfecho genial, próprio de um Kafka cubano. É uma grande explosão do *não* em seu maravilhoso precipício subversivo:

HOMEM: Dizer não agora é fácil. Veremos em um mês (pausa). Além disso, à medida que a negativa se multiplicar, tornaremos mais longas as visitas. Chegaremos a passar as noites com vocês, e é provável, depende de vocês, que nos instalemos definitivamente nesta casa.

Diante dessas palavras, o casal decide se esconder.

— Que você acha desse joguinho? — pergunta Vicente a Emília.

— É de arrepiar os cabelos — responde ela.

Decidem esconder-se na cozinha, sentar-se no chão, bem abraçados, abrir a torneira do gás, e que os casem, se puderem!

66

Tenho trabalhado bem, posso ficar contente pelo que foi feito. Deixo a caneta, porque anoitece. Sonhos do crepúsculo.

Minha mulher e meus filhos estão no quarto ao lado, cheios de vida. Tenho saúde e dinheiro suficiente. Meu Deus, como sou infeliz!

Mas que estou dizendo? Não sou infeliz, não deixei a caneta, não tenho mulher, não tenho filhos nem quarto contíguo, não tenho dinheiro suficiente, não anoitece.

67

Derain me escreveu.

Suponho que se julgou obrigado a fazê-lo depois de eu ter lhe enviado mil francos e pedido que fizesse *encore un effort* e me enviasse mais algum documento para minhas notas sobre o Não. Mas o fato de que se tenha sentido um tanto obrigado a me responder não o desculpa de que o tenha feito com tanta má vontade.

> Caro colega — diz ele na carta —, agradeço-lhe por seus mil francos, mas receio que tenha de enviar-me mais mil, no mínimo, porque, há alguns instantes, enquanto fazia as fotocópias que com tanto carinho lhe envio, por pouco não queimo os dedos.
>
> Em primeiro lugar, mando-lhe algumas frases de Franz Kafka recolhidas por Gustav Janouch em seu livro de entrevistas com o escritor. Como verá, as frases de Kafka não fazem mais que adverti-lo da inutilidade em que pode acabar resultando para você sua paciente exploração da síndrome de Bartleby. E não se lamente, amigo. Não pense que quero desanimá-lo totalmente com essas frases do clarividente Kafka. Se eu quisesse arrasar de um só golpe toda a sua pesquisa sobre a enfadonha síndrome, teria enviado uma frase de Kafka muito mais explícita, uma frase que sem dúvida teria provocado para sempre um colapso em seu trabalho. Que está dizendo? Quer saber que frase é essa? Está

bem, vou transcrevê-la: *Um escritor que não escreve é um monstro que convida à loucura.*

Você diz que a frase não lhe provoca um colapso? Não anuvia seu semblante saber que se dedica a monstros loucos? Pois bem, se nada acontece, continuemos. Envio-lhe, em segundo lugar, informações sobre a airada reação de Julien Gracq ante a ridícula mitificação do silêncio de Rimbaud, informações que somente pretendem preveni-lo do grave problema que intuo que têm todas essas notas sem texto que você diz estar escrevendo, um problema muito grave que afeta o coração delas. Porque não me resta dúvida de que suas notas mitificam o tema do silêncio na escrita, um tema absolutamente supervalorizado, tal como soube ver em seu devido tempo o grande Gracq.

Mando-lhe também algumas frases de Schopenhauer, mas não quero dizer-lhe por que estou enviando nem por que motivo as relaciono com a vaidade — no sentido literal do termo — de suas notas. Vamos ver se você é capaz (não sabe quanto me agrada dar-lhe trabalho) de averiguar por que Schopenhauer e por que concretamente essas frases e não outras. Talvez, com um pouco de sorte, até sobressaia e consiga a admiração de algum leitor, desses pedantezinhos que, se você não tivesse citado Schopenhauer, teriam pensado que não sabia tudo sobre o mal-estar da cultura.

Depois de Schopenhauer, vem um texto de Melville que parece especialmente escrito para suas notas, a verdade é que se ajusta como uma luva de seda em suas divagações sobre o Não. Se na outra carta, como refresco, enviei-lhe Perec, agora nesta envio-lhe Melville, que é alguém que vai refrescá-lo em dobro, algo que você terá merecido, além do mais, se antes soube trabalhar a fundo com o caso de Schopenhauer.

Após a pausa que refresca, chega Carlo Emilio Gadda, você já verá por quê. E, finalmente, encerrando minha generosa entrega de documentos, o fragmento de um poema de Derek Walcott, no qual você é amavelmente convidado a compreender o absurdo de querer imitar ou eclipsar obras-primas e a ver que o melhor que poderia fazer é eclipsar-se a si mesmo.

Seu,
Derain

68

As frases de Kafka a Janouch me caem melhor do que Derain gostaria, pois falam daquilo que acontece comigo à medida que avanço em minha busca inútil pelo centro do labirinto do Não: "Quanto mais os homens andam, mais se afastam da meta. Gastam suas forças em vão. Pensam que andam, mas apenas se precipitam — sem avançar — em direção ao vazio. Isso é tudo".

Essas frases parecem falar do que se passa comigo neste diário em que vou à deriva, navegando pelos mares do maldito imbróglio da síndrome de Bartleby: tema labiríntico que carece de centro, pois há tantos escritores como formas de abandonar a literatura, e não existe uma unidade de conjunto, e também não é tão simples deparar-se com uma frase que pudesse criar a miragem de que cheguei ao fundo da verdade que se esconde atrás do mal endêmico, da pulsão negativa que paralisa as melhores mentes. Só sei que para expressar esse drama navego muito bem no fragmentário e na descoberta casual ou na lembrança repentina de livros, vidas, textos ou simplesmente frases soltas que vão ampliando as dimensões do labirinto sem centro.

Vivo como um explorador. Quanto mais avanço na busca do centro do labirinto, mais me afasto dele. Sou como aquele que em *Na colônia penal* não entende o sentido dos desenhos que lhe mostra o oficial: "É muito engenhoso, mas não consigo decifrá-lo".

Sou como um explorador e minha austeridade é própria de um ermitão e, do mesmo modo que Monsieur Teste, sinto que não fui feito para romances, pois suas grandes cenas, cóleras, paixões e momentos trágicos, longe de me entusiasmarem, "chegam-me como míseros estampidos, estados rudimentares em que toda necessidade se desata, nos quais o ser se simplifica até a estupidez".

Sou como um explorador que avança em direção ao vazio. Isso é tudo.

69

Julien Gracq protestou na época, por ocasião do centenário de Rimbaud, pelas páginas e páginas que eram dedicadas a mitificar o silêncio do poeta. Gracq lembrou que em outros tempos o voto de silêncio era tolerado ou ignorado; lembrou que não era incomum o cortesão, o homem de fé ou o artista abandonarem a vida secular para morrer silenciosamente no mosteiro ou na residência rural.

Derain acha que as palavras de Gracq podem estar afetando o próprio coração de minhas notas, mas se engana por completo. O fato de relativizar o mito do silêncio ajuda a fazer com que minhas explorações percam peso e transcendência, o que me permite maior alegria na hora de dar-lhes sequência. Assim me liberto, mantendo intacta minha ambição, de certa tensão que às vezes o medo do fracasso provoca.

Por outro lado, sou o primeiro a desmitificar tudo quanto circunda a insensata santidade que tantas vezes se tem atribuído a Rimbaud. Não consigo esquecer que quem dizia "sobretudo fumar, beber licores fortes como metal fundido" (uma belíssima tomada de posição poética) era o mesmo ser mesquinho que dizia na Etiópia: "Só bebo água, quinze francos ao mês, tudo está muito caro. Nunca fumo".

70

No primeiro dos fragmentos de Schopenhauer que Derain me envia diz-se que os especialistas jamais podem ser talentos de primeira ordem. Entendo que Derain pensa que me considero um especialista em *bartlebys* e pretende minar meu moral. "Os talentos de primeira ordem", escreve Schopenhauer, "jamais serão especialistas. A existência, em seu conjunto, oferece-se a eles como um problema a resolver, e a cada um a humanidade apresentará, de uma ou de outra forma, horizontes novos. Só pode merecer o nome de gênio aquele que toma o grande, o essencial e o geral como tema de seus trabalhos, e não o que passa sua vida explicando alguma relação especial de coisas entre si."

E então? Quem tem medo de Schopenhauer? E quem disse que eu pretendo ser especialista em síndromes de *bartlebys*? De modo que o fragmento de Schopenhauer me é inofensivo. E tem mais, não posso estar mais de acordo com o que expressa. De especialista não tenho nada, sou um rastreador de *bartlebys*.

Quanto ao segundo fragmento que Derain me envia, a mesma coisa: dou toda a razão ao pensador. E tem mais, concede-me a oportunidade de falar de um mal de origem oposta à da síndrome de Bartleby, mas nem por isso menos interessante de tratar. Um mal em que, certamente, parece-me que Schopenhauer era bom especialista. Esse mal a que ele se refere é o que destilam os maus livros, esses livros horríveis que têm proliferado em todas as épocas: "Os maus livros são um veneno intelectual que destrói o espírito. Porque a maioria das pessoas, em vez de ler o melhor que se produziu nas diferentes épocas, limita-se a ler as últimas *novidades*, os escritores limitam-se ao círculo estreito das ideias correntes, e o público afunda cada vez mais profundamente em seu próprio barro".

71

É como se eu tivesse falado com Herman Melville e lhe tivesse encomendado um texto sobre aqueles que dizem não, sobre "aqueles do Não".
Eu não conhecia esse texto, uma carta de Melville a seu amigo Hawthorne. É claro que parece escrito para estas notas:

É maravilhoso o *não* porque é um centro vazio, mas sempre frutífero. Para um espírito que diz *não* com trovões e relâmpagos, o próprio diabo não pode forçá-lo a dizer *sim*. Porque todos os homens que dizem *sim* mentem; quanto aos homens que dizem *não*, bem, encontram-se na feliz condição de ajuizados viajantes pela Europa. Cruzam as fronteiras da eternidade sem nada além de uma mala, isto é, o Ego. Enquanto, em compensação, toda essa gentalha que diz *sim* viaja com pilhas de bagagem e, malditos sejam, nunca passarão pelas portas da alfândega.

72

Carlo Emilio Gadda começava romances que muito rapidamente iam transbordando por todos os lados e se transformavam em infinitos, o que o levava à paradoxal situação — ele, que era o rei do conto que jamais termina — de ter de interrompê-los e, ato contínuo, cair em profundos silêncios literários que não havia desejado.

A isso eu chamaria de ter a síndrome de Bartleby ao contrário. Se tantos escritores inventaram "tios Celerinos" de todos os tipos para justificar seus silêncios, o caso de Carlo Emilio Gadda não pode ser mais oposto ao desses, já que dedicou toda a sua vida a praticar, com entusiasmo notável, o que Ítalo Calvino qualificou de "arte da multiplicidade", isto é, a arte de escrever o conto que nunca termina, esse conto infinito que em seu tempo Laurence Sterne descobriu em seu *Tristram Shandy*, em que nos diz que numa narrativa o escritor não pode conduzir sua história como um muleteiro conduz sua mula — em linha reta e sempre para a frente —, pois, se for um homem com o mínimo de espírito, se achará na obrigação, durante sua marcha, de desviar-se cinquenta vezes da linha reta para se unir a este ou àquele grupo, e de maneira nenhuma poderá evitar isso: "Ser-lhe-ão oferecidas vistas e perspectivas que reclamarão perpetuamente sua atenção; e lhe será tão impossível não se deter para olhá-las como voar; terá, além disso, diversas

> Narrativas a compaginar:
> Relatos a recopilar:
> Inscrições a decifrar:
> Histórias a tecer:
> Tradições a pesquisar:
> Personagens a visitar."

Em suma, diz Sterne, é o conto que nunca termina, "pois de minha parte asseguro-lhes que estou nele há seis semanas, indo na maior velocidade possível, e ainda não nasceu".

Carlo Levi, a propósito do conto infinito do *Tristram Shandy*, diz que o relógio é o primeiro símbolo desse livro, pois o protagonista do romance de Sterne é gerado sob sua influência, e acrescenta: "Tristram Shandy não quer nascer porque não quer morrer. Todos os meios, todas as armas são bons e boas para salvar-se da morte e do tempo. Se a linha reta é a mais curta entre dois pontos fatais e inevitáveis, as digressões irão expandi-la; e se essas digressões tornam-se tão complexas, enredadas, tortuosas, tão rápidas que fazem perder os próprios rastros, talvez a morte não nos encontre. O tempo se extravie e possamos permanecer ocultos nos mutáveis esconderijos".

Gadda foi um escritor do Não muito contra a vontade. "Tudo é falso, não há ninguém, não há nada", diz Beckett. E no outro extremo dessa visão extrema encontramos Gadda empenhado em dizer que nada é falso e empenhado também em dizer que há *muito* — muitíssimo — no mundo e que nada é falso e tudo é real, o que o leva a um desespero maníaco em sua paixão por abarcar o amplo mundo, por conhecer tudo, por descrevê-lo todo.

Se a escrita de Gadda — o antiescritor do Não — define-se pela tensão entre a exatidão racional e o mistério do mundo como componentes básicos de seu modo de ver tudo, naqueles mesmos anos outro escritor, também engenheiro como Gadda, Robert Musil, tentava em *O homem sem qualidades* expressar essa mesma tensão, mas em termos totalmente diferentes, com uma prosa fluida, irônica, maravilhosamente controlada.

Em todo caso, há um ponto em comum entre os desmedidos Gadda e Musil: ambos tinham de abandonar seus livros porque estes se tornavam infinitos, os dois acabavam obrigados a pôr, sem desejar, um ponto-final em seus romances, caindo na síndrome de Bartleby, caindo em um tipo de silêncio que detestavam: esse tipo de silêncio em que, diga-se de passagem, e excetuando todas as inevitáveis distâncias, terei de cair, cedo ou tarde, quer queira quer não, já que seria ilusório, de minha parte, ignorar que estas notas se parecem cada vez mais com aquelas superfícies de Mondrian repletas de quadrados, que sugerem ao espectador a ideia de que excedem a tela e procuram — era só o que faltava — enquadrar o infinito, que é algo que, se como imagino já estou fazendo, vai me obrigar ao paradoxo de, valendo-me de um único gesto, eclipsar-me. Quando isso acontecer, o leitor fará muito bem em imaginar em mim uma ruga negra vertical obstinada no cenho de minha ira, essa ruga que aparece precisamente no mal-humorado e abrupto desenlace de *Aquela confusão louca da via Merulana*, o grande romance de Gadda: "Semelhante ruga negra vertical obstinada no cenho da ira, no rosto branquíssimo da moça, *paralisou-o*, induziu-o à reflexão: a arrepender-se, ou quase".

73

Em *Volcano*, Derek Walcott, que vê brasas de cigarro e também a lava de um vulcão nas páginas de um romance de Joseph Conrad, diz que poderia abandonar a escrita. Se algum dia se decidir a fazê-lo, não há dúvida de que terá um lugar importante em qualquer história que fale sobre "aqueles do Não", essa seita involuntária.

Os versos de Walcott que Derain me envia compartilham certo ar familiar com aquilo que dizia Jaime Gil de Biedma, que, afinal de contas, o normal é ler:

Alguém poderia abandonar a escrita
ante os sinais de lenta combustão
do que é grande, ser
seu leitor ideal,
reflexivo, voraz, que ama as obras-primas,
ser superior ao que tenta

repeti-las ou eclipsá-las, transformando-se, assim, no melhor leitor do mundo.

74

Ontem adormeci praticando uma atividade parecida com a de contar carneirinhos, porém mais sofisticada. Comecei a memorizar, diversas vezes, aquilo que Wittgenstein dizia, que tudo o que se pode pensar se pode pensar claramente, tudo o que se pode dizer se pode dizer claramente, mas nem tudo o que se pode pensar se pode dizer.

Nem é preciso dizer que essas frases me entediavam tanto que não demorei a adormecer e a me encontrar em um cenário kafkiano, em um longo corredor, a partir do qual algumas portas toscamente feitas conduziam aos diferentes cômodos de um sótão. Embora a luz não chegasse diretamente, não estava escuro por completo, porque do lado do corredor muitos cômodos tinham, em vez de paredes uniformes de tábuas, simples treliças de madeira que, no entanto, chegavam até o teto, através das quais entrava alguma luz e se podiam ver também alguns funcionários que escreviam em mesas ou estavam em pé, junto à gelosia, observando pelas frestas as pessoas do corredor. Eu estava, portanto, em meu antigo escritório. E era um dos funcionários que olhavam as pessoas do corredor. Essa gente não era nenhuma multidão, e sim um trio de pessoas que eu tinha a impressão de conhecer muito bem. Ao aguçar o ouvido e escutar atentamente, ouvi Rimbaud dizer que estava cansado de traficar escravos e que daria qualquer coisa para poder voltar à poesia. Wittgenstein já estava farto de seu humilde trabalho como enfermeiro de hospital. Duchamp queixava-se de não poder pintar e ter de jogar xadrez todos os dias. Os três lamentavam-se amarga-

mente quando entrava Gombrowicz, que parecia ter o dobro da idade dos três e lhes dizia que o único que não devia arrepender-se de nada era Duchamp, que afinal de contas havia deixado para trás algo monstruoso — a pintura —, algo que era conveniente não apenas deixar mas esquecer para sempre.
— Não entendo, mestre — dizia Rimbaud. — Por que só Duchamp tem direito a não se arrepender?
— Acredito já ter dito isso — respondia com grande suficiência e soberba Gombrowicz. — Porque assim como na poesia ou na filosofia ainda há muito que fazer, embora nem você, Rimbaud, nem você, Wittgenstein, tenham mais nada a fazer. Nunca em toda a vida houve nada a fazer na pintura. Por que não reconhecer, agora de uma vez por todas, que o pincel é um instrumento ineficaz? É como se você enfrentasse o cosmo transbordante de resplendores com uma simples escova de dente. Nenhuma arte é tão pobre em expressão. Pintar é apenas renunciar a tudo que não se pode pintar.

75

O poeta limenho Emilio Adolfo Westphalen, nascido em 1911, desenvolveu a poesia peruana combinando-a de forma genial com a tradição poética espanhola e criando uma lírica hermética em dois livros que, publicados em 1933 e 1935, deslumbraram seus leitores: *Las ínsulas extrañas* e *Abolición de la muerte*.

Após sua investida inicial, permaneceu quarenta e cinco anos em total silêncio poético. Como escreveu Leonardo Valencia: "O silêncio causado pela ausência de novas publicações, ao longo de quarenta e cinco anos, não o conduziu ao esquecimento, e sim colocou-o em evidência, emoldurou-o".

Ao fim desses quarenta e cinco anos de silêncio, voltou

silenciosamente à poesia com poemas — como aqueles de meu amigo Pineda — de um ou dois versos. Ao longo desses quarenta e cinco anos de silêncio, todos lhe perguntavam por que havia deixado de escrever, e isso nas raras ocasiões em que Westphalen se fazia visível, embora não se fizesse visível completamente, já que em público permanecia sempre com o rosto coberto por sua mão esquerda, mão nervosa e de longos dedos de pianista, como se lhe doesse ser visto no mundo dos vivos. Ao longo desses quarenta e cinco anos, nas raras ocasiões em que se tornava acessível, faziam-lhe sempre a mesma pergunta, tão parecida, certamente, com aquela que no México faziam a Rulfo. Sempre a mesma pergunta e sempre, ao longo de quase meio século, cobrindo o rosto com a mão esquerda, a mesma — não sei se enigmática — resposta:

— Não estou disposto.

76

Retomei a comunicação com Juan, falei um pouco com ele por telefone. Disse-me que gostaria de dar uma olhada em minhas Notas do Não, como ele as chamou. Será meu primeiro leitor, convém ir me acostumando à ideia de que serei lido e, portanto, devo começar a retomar lentamente minhas relações com o que vou chamar "a animação exterior", isto é, essa vida de aparência brilhante que, quando alguém quer se apropriar dela, revela-se perigosamente inconsistente.

Pouco antes de desligar o telefone, Juan fez-me duas perguntas, que ficaram sem resposta, porque eu lhe disse que preferia fazê-lo por escrito. Queria saber qual é a essência de meu diário e qual seria a paisagem — tem de ser real — mais condizente com esse conjunto de notas.

Não pode existir uma essência destas notas, como tampouco existe uma essência da literatura, porque a essência de qualquer texto consiste precisamente em fugir de toda determinação essencial, de toda afirmação que o estabilize ou realize. Como diz Blanchot, a essência da literatura nunca está aqui, é preciso sempre encontrá-la ou inventá-la novamente. É assim que venho trabalhando nestas notas, buscando e inventando, prescindindo da existência de algumas regras do jogo na literatura. Venho trabalhando nestas notas de forma um tanto despreocupada ou anárquica, de modo que me lembra às vezes a resposta dada pelo grande toureiro Belmonte quando, em uma entrevista, pediram-lhe que falasse um pouco de seu estilo de tourear. "Mas eu não sei", respondeu. "Palavra que não sei. Não conheço as regras nem acredito nelas. Eu sinto o toureio e sem me fixar em regras o executo a meu modo."

Quem afirma a literatura em si não afirma nada. Quem a procura, procura apenas aquilo que lhe escapa, quem a encontra, encontra apenas aquilo que está aqui ou, o que é pior, para além da literatura. Por isso, em suma, cada livro persegue a *não literatura* como a essência daquilo que quer e que gostaria apaixonadamente de descobrir.

Quanto à paisagem, quero dizer que, se for verdade que a todos os livros corresponde uma paisagem real, a deste diário seria aquela que alguém pode encontrar em Ponta Delgada, nos Açores.

Graças à luz azul e às azaleias que separam os campos uns dos outros, os Açores são azuis. A distância é, sem dúvida, o encanto de Ponta Delgada, esse estranho lugar onde certo dia descobri em um livro de Raúl Brandão, *Las islas desconocidas*, a paisagem em que irão parar, quando chegar a hora, as últimas palavras; descobri a paisagem azul que acolherá o último escritor e a última palavra do mundo, a que morrerá intimamente nele: "Aqui acabam as palavras, aqui finda o mundo que conheço...".

77

Tenho tido sorte, não tenho tratado pessoalmente com quase nenhum escritor. Sei que são vaidosos, mesquinhos, intrigantes, egocêntricos, intratáveis. E se são espanhóis, ainda por cima são invejosos e medrosos.

Interessam-me apenas os escritores que se escondem, assim as possibilidades de chegar a conhecer algum são ainda menores. Dentre aqueles que se escondem, está Julien Gracq. Paradoxalmente, é um dos raros escritores que conheci pessoalmente.

Certa vez, nos tempos em que trabalhava em Paris, acompanhei Jerôme Garcin em sua visita a esse escritor oculto. Fomos vê-lo em seu último refúgio, fomos vê-lo em Saint-Florent-le-Vieil.

Julien Gracq é o pseudônimo sob o qual se oculta Louis Poirier. Este Poirier escreveu sobre Gracq: "Seu desejo de preservar-se, de não ser incomodado, de dizer não, em resumo, esse *deixe-me tranquilo em meu canto e passe ao largo* deve ser atribuído a sua ascendência vendeense".

E é assim, de fato. Dois séculos depois do levante de 1793, Gracq dá toda a impressão de estar resistindo a Paris como seus antepassados rechaçaram, de suas terras, os exércitos da Convenção.

Fomos vê-lo em seu canto e, mal o cumprimentamos, perguntou-nos para que tínhamos ido e o que queríamos ver: "Vieram ver um velho?".

E mais tarde, menos ranzinza, mais doce e triste: "Mais uma vez tenho a impressão de ser o último, é uma das experiências da velhice, e é um horror, a sobrevivência causa tédio".

A literatura metafísica e cartuxa de Gracq vive em sua própria imaginação mundos alheios aos reais, vive em paisagens interiores e às vezes em mundos perdidos, em territórios do passado, tal como acontecia com Barbey d'Aurevilly, que ele admira.

Barbey vivia no remoto mundo de seus antepassados, os *chouans*. "A história", escreveu, "esqueceu os *chouans*. Esqueceu-os tanto quanto a glória e até mesmo a justiça. Enquanto os vendeenses, aqueles guerreiros de primeira linha, dormem, tranquilos e imortais, sob a frase que Napoleão disse a respeito deles, e podem esperar, cobertos com tal epitáfio [...], os *chouans* não têm, por sua vez, ninguém que os retire da obscuridade."

Julien Gracq, como bom vendeense, deu-nos a sensação de poder esperar. Bastava observá-lo, vê-lo ali sentado na varanda de sua casa, ver como vigiava a passagem do rio Loire. Vê-lo ali, com o olhar perdido no rio, era a imagem viva de alguém que está esperando algo ou nada. Jerôme Garcin escreveria dias depois: "Não é apenas o Loire que flui desde sempre sob os olhos de Gracq, é a história, sua mitologia e suas façanhas, em meio às quais ele cresceu. Atrás dele, aquela Vendée heroica, maltratada pela guerra; diante dele, a célebre ilha Batailleuse, na qual muito cedo o jovem Gracq, o jovem leitor de seu compatriota Jules Verne, fez sua guarida, *robisoneando* por entre os salgueiros, os álamos, os juncos e os amieiros. De um lado, Clio, o passado, os castelos em ruínas; do outro, as quimeras, o fantástico e os castelos no ar. Tal qual sua obra, Gracq exalta tudo isso. É preciso ir a Saint-Florent para sentir esse desejo de se reencarnar".

Foi o que fizemos Garcin e eu, fomos até o refúgio de um dos escritores mais ocultos de nosso tempo, um dos mais esquivos e afastados, um dos reis da Negação, por que negá-lo? Fomos ver o último grande escritor francês anterior à derrota do estilo, anterior à enfadonha edição da literatura, digamos, passageira, anterior à selvagem irrupção da "literatura alimentícia", essa de que falava Gracq em seu opúsculo de 1950, *A literatura no estômago*, em que arremetia contra as imposições e as regras do jogo tácitas da crescente indústria das letras na época do pré-circo televisivo.

Fomos até o refúgio do Chefe — como é conhecido por alguns, na França —, do escritor oculto que em momento nenhum ocultou-nos sua melancolia enquanto observava em silêncio o curso do Loire.

Até 1939, Gracq foi comunista. "Até esse ano", disse, "acreditei realmente que se podia mudar o mundo." Para ele, a revolução foi um ofício e uma fé, até que veio a decepção.

Até 1958, foi romancista. Após a publicação de *Un Balcon en forêt* deixou o gênero ("porque exige uma energia vital, uma força, uma convicção que me faltam") e escolheu a escrita fragmentária dos *Carnets du grand chemin* ("não sei se com eles minha obra não irá parar simplesmente aí, de forma muito oportuna", perguntou-se de repente, a voz em suspenso). Ao entardecer, fomos a seu escritório. Impressão de entrar em um templo proibido. Pela janela viam-se passar os carros e os caminhões na ponte pênsil: Saint-Florent-le-Vieil não escapou dos ruídos modernos. Gracq então observou: "Em algumas tardes isso é mais barulhento do que certos bairros de Paris".

Quando lhe perguntamos sobre o que mais mudou desde a época em que, ainda menino, brincava no cais, entre a fila de castanheiras e as tábuas das lavadeiras, respondeu:

— A vida virou de cabeça para baixo.

Depois, falou da solidão. Foi já ao sair do escritório: "Estou só, mas não me queixo. O escritor não tem nada a esperar dos outros. Acreditem. Só escreve para si mesmo!".

Houve um momento, de novo na varanda, em que, ao observá-lo à contraluz, pareceu-me que na realidade ele não falava conosco, dedicando-se, antes, a um solilóquio. Garcin diria em seguida, ao sairmos da casa, que ele tivera impressão semelhante. "E tem mais", disse-me, "falava consigo mesmo como o faria um cavaleiro sem cavalaria."

Ao cair da noite, já perto da hora de nos despedirmos de

Gracq, ele nos falou da televisão, disse-nos que às vezes a ligava e ficava pasmo de ver os apresentadores dos programas literários agir como se estivessem vendendo amostras de diferentes tecidos. Na hora da despedida, o Chefe nos acompanhou pela pequena escada de pedra que conduz à saída da casa. Um perfume de barro morno subia do Loire adormecido.

— É estranho o Loire estar tão baixo em janeiro — comentou. Demos a mão ao Chefe e começamos a sair, e ali ficou o escritor oculto esvaziando-se lentamente, como o rio, seu rio.

78

Klara Whoryzek nasceu em Karlovy Vary em 8 de janeiro de 1863, mas com poucos meses sua família se mudou para Danzig (Gdansk), onde passaria sua infância e adolescência: época sobre a qual ela deixou escrito, em A *lâmpada íntima*, que guardava apenas "sete lembranças em forma de sete bolhas de sabão".

Klara Whoryzek chegou a Berlim aos vinte e um anos e aí participou, ao lado de Edvard Munch e Knut Hamsun, entre outros, do círculo habitual de August Strindberg. Em 1892 fundou a Verlag Whoryzek, editora que publicou A *lâmpada íntima*, e pouco depois — quando se dispunham a lançar *Pierrot lunaire*, de A. Giraud — quebrou.

Não foi de modo algum o desalento pela inexistente recepção de seu livro, tampouco a derrocada da editora, o que a levou a um silêncio literário radical até o final de seus dias. Se Klara Whoryzek deixou de escrever foi porque — tal como comentou com seu amigo Paul Scheerbart —, "embora soubesse que só o fato de escrever me ligaria como um fio de Ariadne a meus semelhantes, não poderia, no entanto, fazer com que nenhum de meus amigos me lessem, pois os livros que fui imaginando ao longo de meus dias de silêncio literário são bolhas de sabão de verdade e não se dirigem a ninguém, nem sequer ao mais íntimo de meus amigos, de modo que o mais sensato que podia fazer foi o que fiz: não escrevê-los".

Sua morte em Berlim, em 16 de outubro de 1915, deveu-se a sua recusa a ingerir alimentos como forma de protesto contra a guerra. Foi uma "artista da fome" avant la lettre, abriu caminho para o inseto Gregor Samsa (que se deixou morrer com humana vontade de inanição), e seguiu o exemplo, possivelmente também sem saber, de Bartleby, que morreu em postura fetal, consumido sobre o gramado de um pátio, os olhos vidrados e abertos, porém, de resto, profundamente adormecido sob o olhar de um cozinheiro que lhe perguntava se nesta noite também não ia jantar.

79

Muito mais oculto que Gracq ou que Salinger, o nova-iorquino Thomas Pynchon, escritor sobre o qual se sabe apenas que nasceu em Long Island, em 1937, graduou-se em literatura inglesa na Universidade Cornell em 1958 e trabalhou como redator para a Boeing. A partir daí, nada mais. Nem uma foto ou, melhor dizendo, uma, de seus anos de escola, em que se vê um adolescente francamente feio e que, além do mais, não tem necessariamente de ser Pynchon, e sim uma mais que provável cortina de fumaça.

José Antonio Gurpegui conta um episódio que há anos lhe contou seu saudoso amigo Peter Messent, professor de literatura norte-americana na Universidade de Nottingham. Messent fez sua tese sobre Pynchon e, como é normal, tinha obsessão por conhecer o escritor que tanto havia estudado. Após não poucos contratempos, conseguiu uma breve entrevista em Nova York com o deslumbrante autor de O *leilão do lote 49*. Os anos passaram, e quando Messent já havia se transformado no ilustre professor Messent — autor de um grande livro sobre Hemingway — foi convidado em Los Angeles para uma reunião de amigos com Pynchon. Para sua surpresa, o Pynchon de Los Angeles não era absolutamente a mesma pessoa que havia entrevistado anos antes em Nova York, mas, como aquele, conhecia perfeitamente até os detalhes mais insignificantes de sua obra. Ao terminar a reunião, Messent atreveu-se a expor a duplicidade de personagens, ao que Pynchon, ou quem quer que fosse, respondeu sem a menor perturbação:

— Então você terá de decidir qual é o verdadeiro.

80

Dentre os escritores antibartlebys, destaca-se com luz própria a energia insensata de Georges Simenon, o mais prolífico dos autores em língua francesa de todos os tempos. De 1919 a 1980 publicou cento e noventa romances com diferentes pseudônimos, cento e noventa e três com seu nome, vinte e cinco obras autobiográficas e mais de mil contos, além de artigos jornalísticos e grande quantidade de volumes de ditados e escritos inéditos. No ano de 1929, seu comportamento antibartlebys beira a provocação: escreveu quarenta e um romances.

"Começava de manhã bem cedo", explicou certa vez Simenon, "geralmente por volta das seis, e acabava ao findar da tarde; isso representava duas garrafas e oitenta páginas [...]. Trabalhava muito depressa, em certas ocasiões chegava a escrever oito contos em um dia."

Beirando a insolência antibartlebys, Simenon contou, certa vez, como conseguiu pouco a pouco um método ou uma técnica na execução da obra, um método pessoal que, uma vez alcançado, converte em infinitas as possibilidades de que a obra de alguém vá se expandindo sem que seja possível o aparecimento da menor sombra de um *acho melhor não*: "Quando comecei, demorava doze dias para escrever um romance, fosse ou não um Maigret; como me esforçava em condensar mais, em eliminar de meu estilo toda espécie de florituras ou detalhes acessórios, pouco a pouco passei de onze dias a dez e em seguida a nove. Agora atingi pela primeira vez a meta de sete".

Apesar de o caso de Simenon ser desconcertante, mais ainda o é o de Paul Valéry, escritor muito próximo da sensibilidade *bartleby* — sobretudo em *Monsieur Teste*, como já vimos —, mas que nos legou as vinte e nove mil páginas de seus *Cahiers*.

No entanto, embora isso seja desconcertante, aprendi a não me surpreender com mais nada. Quando algo me desconcerta, recorro a um truque muito simples que me devolve a tranquilidade, penso simplesmente em Jack London, que, apesar de consumido pelo álcool, foi um dos promotores de sua proibição nos Estados Unidos. Para a sensibilidade *bartleby* cai bem não se assustar facilmente.

81

Giorgio Agamben — ligado aos escritores do Não por seu livro *Bartleby o della contingenza* (Macerata, 1993) — pensa que estamos nos tornando pobres e, concretamente, em *Idea della prosa* (Milão, 1985), faz este lúcido diagnóstico: "É curioso observar como algumas obras filosóficas e literárias, escritas entre 1915 e 1930, ostentam ainda as chaves da sensibilidade da época, e que a última descrição convincente de nossos estados de alma e de nossos sentimentos remonta, em suma, a mais de cinquenta anos".

E, falando do mesmo assunto, meu amigo Juan assim explica sua teoria de que depois de Musil (e de Felisberto Hernández) não há muito que escolher: "Uma das diferenças mais gerais que podem ser estabelecidas entre os romancistas anteriores e posteriores à Segunda Guerra Mundial reside no fato de que os de antes de 1945 costumavam possuir uma cultura que informava e conformava seus romances, enquanto os posteriores a essa data costumam exibir, salvo nos procedimentos literários (que são os mesmos), total despreocupação pela cultura herdada".

Em um texto do português António Guerreiro — em que encontrei a citação de Agamben — formula-se a pergunta sobre se é possível se falar, hoje, de compromisso na literatura. Com que e a que se compromete quem escreve? Encontramos também essa pergunta, por exemplo, no Handke de *Meu ano na baía de ninguém*. Sobre o que se deve ou não escrever? É suportável o constante desajuste entre a palavra nomeante e a coisa nomeada? Quando não é demasiado cedo ou demasiado tarde? Tudo está escrito?

Em *Lecturas compulsivas* Félix de Azúa parece sugerir que apenas a partir da mais firme negatividade, mas acreditando (ou desejando) que ainda não esteja esgotado o potencial da palavra literária, poderemos despertar do mau sonho atual, do mau sonho na baía de ninguém.

E Guerreiro parece dizer algo semelhante quando sustenta que é na suspeita, na *negação*, na má consciência do escritor, forjada nas obras dos autores da constelação Bartleby — os Hofmannsthal, Walser, Kafka, Musil, Beckett, Celan —, que se deve rastrear o único caminho que permanece aberto à autêntica criação literária.

Já que todas as ilusões de uma totalidade representável estão perdidas, é preciso reinventar nossos próprios modos de representação. Escrevo isso enquanto ouço Chet Baker, são onze e meia da noite deste 7 de agosto de 99, o dia foi especialmente quente, com muito mormaço. Já se aproxima — espero — a hora do sono, de modo que vou terminando, vou fazê-lo na confiança de que é bem possível que ainda tenhamos de atravessar túneis muito escuros como se o rastreamento do único caminho que nos resta — aquele que, em sua negatividade, Bartleby e companhia abriram — conduzisse-nos à serenidade que algum dia o mundo haverá de merecer: a de saber que, como dizia Pessoa, o único mistério é que exista quem pense no mistério.

82

Há quem tenha deixado de escrever para sempre ao se julgar imortal.

É o caso de Guy de Maupassant, que nasceu em 1850 no castelo normando de Miromesnil. Sua mãe, a ambiciosa Laura de Maupassant, queria a todo custo um homem ilustre na família. Daí que confiasse seu filho a um especialista da grandeza literária; confiou-o a Flaubert. Seu filho seria isso que ainda hoje conhecemos como "um grande escritor".

Flaubert educou o jovem Guy, que não começou a escrever até que tivesse trinta anos, quando já estava suficientemente preparado para ser um escritor imortal. Sem dúvida, tivera um bom mestre. Flaubert era um mestre insuperável, mas, como se sabe, um grande mestre não garante que o discípulo se saia bem. A ambiciosa mãe de Maupassant não ignorava isso e temia que, apesar do grande mestre, tudo funcionasse mal. Mas não foi o que aconteceu. Maupassant começou a escrever e revelou-se imediatamente um grandíssimo narrador. Em suas narrativas percebe-se um extraordinário poder de observação, um magnífico traço no retrato de personagens e ambientes, assim como um estilo — apesar da influência de Flaubert — personalíssimo.

Em pouco tempo, Maupassant transforma-se em uma grande figura da literatura e vive luxuosamente dela. É aclamado por todos, menos pela Academia Francesa, que não inclui em seus planos dispor a consagração de Maupassant como *immortel*. A tolice da Academia não é nenhuma novidade, pois também Balzac, Flaubert e Zola ficaram fora dela. Mas Maupassant, tão ambicioso como sua mãe, não se resigna a não ser imortal e busca uma natural compensação à negligência dos acadêmicos. Ele encontrará essa compensação em uma espiral de presunção que o levará a acreditar-se imortal para todos os efeitos.

Uma noite, depois de ter jantado com sua mãe em Cannes, volta para casa e faz uma experiência um tanto arriscada: quer certificar-se de que é imortal. Seu mordomo, o fiel Tassart, acorda sobressaltado por um estampido que ressoa em toda a casa.

Maupassant, em pé diante da cama, está muito contente de poder contar a seu mordomo, que irrompe no quarto com o gorro de dormir e segurando as cuecas com as mãos, a coisa tão extraordinária que acabava de lhe acontecer.

— Sou invulnerável, sou imortal — grita Maupassant. — Acabo de disparar um tiro de pistola em minha cabeça e continuo incólume. Não acredita? Pois então olhe.

Maupassant apoia novamente o cano na têmpora e aperta o gatilho; uma explosão semelhante teria conseguido derrubar as paredes, mas o "imortal" Maupassant continua mantendo-se em pé e sorridente diante da cama.

— Acredita agora? Nada mais pode me fazer nada. Poderia cortar minha garganta e com certeza o sangue não jorraria.

Maupassant não sabe nesse momento, mas não escreverá mais nada.

De todas as descrições dessa "cena imortal", a de Alberto Savinio em *Maupassant e o outro* é a mais brilhante, por sua genial síntese entre humor e tragédia.

"Maupassant", escreve Savinio, "sem pensar duas vezes passa da teoria à prática, pega de cima da mesa um abridor de cartas de metal em forma de punhal, fere-se na garganta em uma demonstração de invulnerabilidade também à arma branca; mas a experiência o desmente: o sangue jorra aos borbotões, escorre em grandes ondas impregnando o colarinho da camisa, a gravata, o colete."

Após esse dia e até o de sua morte (que não tardaria muito a chegar), Maupassant não escreveu mais nada, só lia jornais em que se dizia que "Maupassant ficou louco". Todas as manhãs, seu fiel Tassart levava, com o café com leite, jornais em que ele via sua fotografia e embaixo comentários deste tipo: "Continua a loucura do imortal monsieur Guy de Maupassant".

Maupassant não escreve mais nada, o que não significa que não esteja entretido e que não lhe aconteçam coisas sobre as quais poderia escrever, não fosse pelo fato de que não pensa mais em incomodar-se em fazê-lo; sua obra está encerrada, pois ele é imortal. Ocorrem-lhe, no entanto, coisas que mereceriam ser contadas. Um dia, por exemplo, olha fixamente o chão e vê uma agitação de insetos que lançam a uma grande distância jatos de morfina. Outro dia, deixa o pobre Tassart aturdido com a ideia de que deveria escrever ao papa Leão XIII.

— O senhor vai voltar a escrever? — pergunta, apavorado, Tassart.

— Não — diz Maupassant. — Será você quem escreverá ao papa de Roma.

Maupassant queria sugerir a Leão XIII a construção de túmulos de luxo para imortais como ele: túmulos em cujo interior uma corrente de água, bem quente, ou bem fria, lavaria e conservaria os corpos.

Perto do final de seus dias, engatinha pelo quarto e lambe — como se estivesse escrevendo — as paredes. E um dia, finalmente, chama Tassart e pede que lhe tragam uma camisa de força. "Pediu que lhe levassem essa camisa", escreveu Savinio, "como quem pede uma cerveja a um garçom."

83

Marianne Jung, que nasceu em novembro de 1784 e era filha de uma família de atores de origens obscuras, é a escritora oculta mais atraente da história do Não. Ainda menina, atuava como figurante, como bailarina e como atriz de comédias, cantando no coro ou executando passos de dança, vestida de Arlequim, enquanto saía de um ovo enorme que se movimentava pelo palco. Quando tinha dezesseis anos, um homem a comprou. O banqueiro e senador Willemer viu-a em Frankfurt e levou-a para sua casa, depois de ter pagado a sua mãe duzentos florins de ouro e uma pensão anual. O senador fez-se de Pigmaleão e Marianne aprendeu boas maneiras, francês, latim, italiano, desenho e canto. Mantinham uma convivência de catorze anos, e o senador estava planejando seriamente casar-se com ela quando apareceu Goethe, que tinha sessenta e cinco anos e estava em um de seus momentos mais criativos, estava escrevendo os poemas do *Divã ocidento-oriental*, reelaboração dos poemas líricos persas de Hafiz. Em um poema do *Divã* aparece a belíssima Suleika e diz que tudo é eterno ante o olhar de Deus e que se pode amar esta vida divina, por um instante, por si mesma, por sua beleza terna e fugaz. Isso é o que diz Suleika em alguns versos imortais de Goethe. Mas na verdade o que Suleika diz foi escrito não por Goethe, e sim por Marianne.

Em *Danúbio* Claudio Magris diz: "O *Divã*, e o sublime diálogo amoroso que inclui, está assinado por Goethe. Mas Marianne não é apenas a mulher amada e cantada na poesia;

também é a autora de alguns dos poemas mais elevados, em sentido absoluto, de todo o *Divã*. Goethe os incorporou e publicou no livro, com seu nome; somente em 1869, muitos anos depois da morte do poeta e nove após a de Suleika, o filólogo Hermann Grimm, a quem Marianne havia confiado o segredo e mostrado sua correspondência com Goethe, divulgou que a mulher havia escrito esses raríssimos mas sublimes poemas do *Divã*".

Marianne Jung, então, escreveu no *Divã* pouquíssimos poemas, que pertencem às obras-primas da lírica mundial, e depois não escreveu mais nada, nunca, preferiu calar-se.

É a mais secreta das escritoras do Não. "Uma vez em minha vida", disse muitos anos depois de ter escrito aqueles versos, "descobri que sentia algo nobre, que era capaz de dizer coisas doces e sentidas com o coração, mas o tempo fez mais do que destruí-las, ele as apagou."

Magris comenta que é possível que Marianne Jung tenha se dado conta de que a poesia só tinha sentido se surgisse de uma experiência total, como aquela que ela vivera, e tenha percebido que, uma vez passado esse momento de graça, cessara também a poesia.

84

Muito mais que Gracq, que Salinger e que Pynchon, o homem que se fazia chamar por B. Traven foi a autêntica expressão daquilo que conhecemos por "escritor oculto".

Muito mais que Gracq, Salinger e Pynchon juntos. Porque o caso de B. Traven está repleto de matizes excepcionais. Para começar, não se sabe onde nasceu e ele nunca quis esclarecer isso. Para alguns, o homem que se dizia chamar B. Traven era um romancista norte-americano nascido em Chicago. Para outros, era Otto Feige, escritor alemão que teria tido problemas com a justiça em virtude de suas ideias anarquistas. Mas também se dizia que, na verdade, era Maurice Rethenau, filho do fundador da multinacional AEG, e também havia quem assegurasse que era filho do cáiser Guilherme II. Embora tenha concedido sua primeira entrevista em 1966, o autor de romances como *O tesouro de Sierra Madre* ou *A ponte na selva* insistiu no direito ao segredo de sua vida privada, razão pela qual sua identidade continua sendo um mistério.

"A história de Traven é a história de sua negação", escreveu Alejandro Gándara em seu prólogo para *A ponte na selva*. De fato, é uma história sobre a qual não temos dados nem se pode ter, o que equivale a dizer que esse é o autêntico dado. Negando todo o passado, negou todo o presente, isto é, toda a presença. Traven nunca existiu, nem mesmo para seus contemporâneos. É um escritor do Não muito peculiar e há algo muito trágico na força com que refutou a invenção de sua identidade.

"Esse escritor oculto", disse Walter Rehmer, "resume em sua identidade ausente toda a consciência trágica da literatura moderna, a consciência de uma escrita que, ao permanecer exposta a sua insuficiência e impossibilidade, faz dessa exposição sua questão fundamental."

Essas palavras de Walter Rehmer — acabo de perceber — poderiam resumir também meus esforços neste conjunto de notas sem texto. Delas também se poderia dizer que reúnem toda ou ao menos parte da consciência de uma escrita que, ao permanecer exposta a sua impossibilidade, faz dessa exposição sua questão fundamental.

Em resumo, penso que as frases de Rehmer são acertadas, mas, se Traven as tivesse lido, teria ficado, primeiro, estupefato, e, em seguida, dado muitas risadas. De fato, estou prestes a reagir desse modo, pois afinal de contas detesto, por sua solenidade, a obra ensaística de Rehmer.

Volto a Traven. A primeira vez que ouvi falar dele foi em Puerto Vallarta, México, em uma das cantinas dos arredores da cidade. Isso já faz alguns anos, foi na época em que empregava minhas economias para viajar ao estrangeiro em agosto. Ouvi falar de Traven nessa cantina. Eu acabava de chegar de Puerto Escondido, uma cidade que, por seu nome peculiar, teria sido o cenário mais apropriado para alguém me falar do escritor mais escondido de todos. Mas não foi ali e sim em Puerto Vallarta que pela primeira vez alguém me contou a história de Traven.

A cantina de Puerto Vallarta estava a poucas milhas da casa em que John Huston — que levou *O tesouro de Sierra Madre* para o cinema — passou os últimos anos de sua vida refugiado em Las Caletas, uma chácara diante do mar e com a selva atrás, uma espécie de porto da selva açoitado invariavelmente por furacões do golfo.

Em seu livro de memórias, Huston conta que escreveu o roteiro de *O tesouro de Sierra Madre* e mandou uma cópia para Traven, que lhe enviou uma resposta de vinte páginas repletas de detalhadas sugestões a respeito da construção de decoração, iluminação e outros assuntos.

Huston estava ansioso para conhecer o misterioso escritor, que já naquela época tinha fama de ocultar seu verdadeiro nome: "Consegui", diz Huston, "uma vaga promessa de que se encontraria comigo no Hotel Bamer da Cidade do México. Fiz a viagem e esperei. Mas ele não apareceu. Certa manhã, quase uma semana após minha chegada, acordei pouco depois do amanhecer e vi que havia um sujeito aos pés de minha cama, um homem que me entregou um cartão que dizia: 'Hal Croves. Tradutor. Acapulco e San Antonio'".

Em seguida esse homem mostrou uma carta de Traven, que

Huston leu ainda na cama. Na carta, Traven dizia-lhe que estava doente e não pudera comparecer ao encontro, mas que Hal Croves era seu grande amigo e sabia tanto acerca de sua obra como ele mesmo, e que, portanto, estava autorizado a responder a qualquer consulta que quisesse lhe fazer.

E, de fato, Croves, que disse ser o agente cinematográfico de Traven, sabia tudo sobre a obra dele. Esteve nas filmagens durante duas semanas e colaborou ativamente. Era um homem estranho e cordial, que possuía uma conversa amena (que às vezes se tornava infinita, parecia um livro de Carlo Emilio Gadda), ainda que na hora da verdade seus temas preferidos fossem a dor e o horror. Quando ele deixou as filmagens, Huston e seus assistentes no filme começaram a juntar os fatos e perceberam que aquele agente cinematográfico era um impostor, aquele agente era, muito provavelmente, o próprio Traven.

Quando o filme estreou, o mistério da identidade de B. Traven veio à baila. Chegou-se a dizer que atrás desse nome havia um grupo de escritores hondurenhos. Para Huston, Hal Croves era, sem dúvida, de origem europeia, alemão ou austríaco; o estranho era que seus romances narravam as experiências de um americano na Europa Ocidental, no mar e no México, e eram experiências em que se notava de longe terem sido vividas.

O mistério da identidade de Traven estava tão em voga que uma revista mexicana enviou dois repórteres para espionar Croves, na tentativa de averiguar quem era realmente o agente cinematográfico de Traven. Encontraram-no na frente de uma pequena mercearia à beira da selva, perto de Acapulco. Vigiaram a mercearia até que viram Croves sair a caminho da cidade. Então entraram forçando a porta e vasculharam seu escritório, onde encontraram três manuscritos assinados por Traven e provas de que Croves utilizava outro nome: Traven Torsvan.

Outras investigações jornalísticas descobriram que usava

um quarto nome: Ret Marut, escritor anarquista que desaparecera no México em 1923, e os dados, então, coincidiam. Croves morreu em 1969, alguns anos depois de se casar com sua colaboradora Rosa Elena Luján. Um mês depois de sua morte, sua viúva confirmou que B. Traven era Ret Marut.

Escritor esquivo a toda prova, Traven utilizou, tanto na ficção como na realidade, uma confusa variedade de nomes para encobrir o verdadeiro: Traven Torsvan, Arnolds, Traves Torsvan, Barker, Traven Torsvan Torsvan, Berick Traven, Traven Torsvan Croves, B. T. Torsvan, Ret Marut, Rex Marut, Robert Marut, Traven Robert Marut, Fred Maruth, Fred Mareth, Red Marut, Richard Maurhut, Albert Otto Max Wienecke, Adolf Rudolf Feige Kraus, Martínez, Fred Gaudet, Otto Wiencke, Lainger, Goetz Ohly, Anton Riderschdeit, Robert Beck-Gran, Arthur Terlelm, Wilhelm Scheider, Heinrich Otto Baker e Otto Torsvan.

Teve menos nacionalidades do que nomes, mas também não foram poucas. Disse ser inglês, nicaraguense, croata, mexicano, alemão, austríaco, norte-americano, lituano e sueco.

Um dos que tentaram escrever sua biografia, Jonah Raskin, por pouco não enlouqueceu no intento. Desde o primeiro momento, contou com a colaboração de Rosa Elena Luján, mas logo começou a compreender que a viúva tampouco sabia com segurança quem diabos era Traven. Além disso, uma enteada dele contribuiu para enredá-lo agora de forma absoluta, ao assegurar que ela se lembrava de ter visto o pai falando com o sr. Hal Croves.

Jonah Raskin acabou abandonando a ideia da biografia e terminou escrevendo a história de sua busca inútil do verdadeiro nome de Traven, a delirante e romanesca história. Raskin optou por abandonar as investigações quando se deu conta de que estava arriscando sua saúde mental; havia começado a vestir-se com a roupa de Traven, colocava seus óculos, fazia-se chamar por Hal Croves...

B. Traven, o mais oculto dos escritores ocultos, lembra-me o protagonista de *O homem que foi quinta-feira*, de Chesterton. Nessa narrativa, fala-se de uma vasta e perigosa conspiração integrada, na verdade, por um único homem, que, como diz Borges, engana todos "com auxílio de barbas, máscaras e pseudônimos".

85

Traven se escondia, também vou me esconder, amanhã o sol se esconde, chega o último eclipse total do milênio. E minha voz já vai se distanciando enquanto se prepara para dizer que vai partir, vai experimentar outros lugares. Só eu existi, diz a voz, se é que ao falar de mim pode-se falar de vida. E diz que se eclipsa, que vai partir, que terminar aqui seria perfeito, mas se pergunta se isso é desejável. E responde a si mesma que sim, é desejável, que terminar aqui seria maravilhoso, seria perfeito, quem quer que ela seja, onde quer que esteja.

86

Já no fim de seus dias, Tolstói viu na literatura uma maldição e a transformou no mais obsessivo objeto de seu ódio. E então renunciou a escrever, porque disse que a escrita era a maior responsável por sua derrota moral.

Certa noite, escreveu em seu diário a última frase de sua vida, uma frase que não conseguiu terminar: "*Fais ce que dois, advienne que pourra*" (Faça o que deve, aconteça o que acontecer). Trata-se de um provérbio francês de que Tolstói gostava muito. A frase permaneceu assim:

Fais ce que dois, adv...

Na fria escuridão que precedeu o amanhecer do dia 28 de outubro de 1910, Tolstói, que contava oitenta e dois anos de idade e era naquele momento o escritor mais famoso do mundo, saiu sigilosamente de seu ancestral lar na Iasnáia Poliana e empreendeu sua última viagem. Havia renunciado para sempre à escrita e, com o estranho gesto de sua fuga, anunciava a consciência moderna de que toda literatura é a negação de si mesma.

Dez dias após seu desaparecimento, morreu na casa de madeira do chefe da estação ferroviária de Astápovo, aldeia sobre a qual poucos russos tinham ouvido falar. Sua fuga tivera um final abrupto naquele remoto e triste lugar, onde o haviam obrigado a descer de um trem que se dirigia ao sul. A exposição ao frio nos vagões de terceira classe do trem, sem calefação, cheios de fumaça e correntes de ar, provocou-lhe uma pneumonia.

Para trás ficava agora seu lar abandonado e para trás ficava agora em seu diário — também abandonado depois de sessenta e três anos de fidelidade — a última frase de sua vida, a frase abrupta, malograda em seu desfalecimento *bartleby*:

Fais ce que dois, adv...

Muitos anos depois, Beckett diria que até as palavras nos abandonam e que com isso tudo está dito.

ESTA OBRA FOI COMPOSTA PELA SPRESS EM ELECTRA E IMPRESSA EM OFSETE
PELA GRÁFICA PAYM SOBRE PAPEL PÓLEN SOFT DA SUZANO S.A.
PARA A EDITORA SCHWARCZ EM MARÇO DE 2021

FSC
www.fsc.org
MISTO
Papel produzido
a partir de
fontes responsáveis
FSC® C133282

A marca FSC® é a garantia de que a madeira utilizada na fabricação do papel deste livro provém de florestas que foram gerenciadas de maneira ambientalmente correta, socialmente justa e economicamente viável, além de outras fontes de origem controlada.